JN034007

ウォルター・ペイターのギリシア研究

Walter Pater's Greek Studies

舟川一彦 著

金星堂

まえがき

学部生の時、卒業論文の題目にペイターを選ぶという無茶をして、案の定（と指導者には思われたことだろう）大失敗を経験してから、すっかり懲りてしまい、ペイターだけは避けて通ってきた。二〇〇〇年に出版した『十九世紀オクスフォード――人文学の宿命』という本にも、当然出るべきペイターの名前が一度も出てこないという始末である。

そんなところに、二〇一五年、玉井暲先生から日本ペイター協会の大会で講演をしないかとのお誘いがあり、断る勇気がなくて引き受けてしまったのがきっかけで、四十年のインターバルをおいてまたペイターにつきまとわれることになってしまった。かつての惨敗のリベンジをしたかったが、やはり手強い相手だったというのが本音だ。とはいえ、ペイター研究に戻るきっかけを与えて下さった玉井先生には大いに感謝申し上げなければならない。

この本で引証に用いるペイターの著作のテクストは、『ルネサンス』については一九八〇年の校訂版、刊行途中にあるオクスフォードの新しい全集のうち既刊分はそれを使い、それ以外は一九一〇年のライブラリー・エディションに拠った。二〇二三年初頭に出たオクスフォード版の『書簡集』は、この本の原稿準備には間に合わず、使うことができなかった。

この本の各章の内容は、以下のような形ですでに発表したことがある。

第一章——「オクスフォードのペイター——『プラトンとプラトン哲学』を中心に」というタイトルで二〇一五年十月十七日、日本ペイター協会第五十四回年次大会にて講演（於青山学院大学青山キャンパス、司会は森岡伸教授）。その後、『英文学と英語学』（上智大学文学部紀要分冊）第五十二号（二〇一六）一—二三頁に掲載。

第二章——「ウォルター・ペイターのギリシア神話論と十九世紀古典学の新方向」というタイトルで短縮版を二〇一九年五月二十六日、日本英文学会第九十一回大会にて口頭発表（於安田女子大学、司会は玉井暲教授）。その後、『英文学と英語学』（上智大学文学部紀要分冊）第五十六号（二〇二〇）一—二四頁に掲載。

第三章——「ウォルター・ペイターのギリシア彫刻論——彫刻は倫理的観念の伝達者たりうるか」というタイトルで二〇二三年五月十三日、サウンディングズ英語英米文学会第七十五回研究発表会にて講演（於上智大学、司会は西能史教授）。

日頃から私の所属するサウンディングズ英語英米文学会に多大なご支援をいただいている金星堂の佐藤求太氏には、今回の出版にあたっても大変お世話になった。感謝に堪えない。

令和五年五月

舟川一彦

目次

短い序章

オクスフォードでペイター（Walter Pater）が住んでいたブラッドモア・ロード（Bradmore Road）の家には、現在、オクスフォードシャー・ブルー・プラーク委員会（Oxfordshire Blue Plaques Board）によって彼と妹クララ（Clara）の名を刻んだ銘板が掲げられており、そこには「ウォルター・ペイター、一八三九―一八九四、著述家（Author）にして学者（Scholar）」と表記されている。

たしかに彼は何年にもわたってオクスフォード大学で古代ギリシアの哲学者たちの著作をテクストとして講義を担当していたから、「学者」という呼び方は間違いではない。では、一体、彼は「研究業績」が評価の対象となるような種類の「古典学者」だったのだろうか。二〇一七年に『古典学者ペイター』(*Pater the Classicist: Classical Scholarship, Reception, and Aestheticism*) と題する論文集が出た時、編者たちは「古典学者ペイターをきちんと扱った研究書は今のところまだない」と書かなければならなかった。(1) 特にギリシアの彫刻を扱った『ギリシア研究』の

後半部は「ペイターの全著作の中で間違いなく最も考察の対象にならない部分」だという。[2] 二十世紀初頭に出たサンズの『古典学史』(John Edwin Sandys, *A History of Classical Scholarship*)[3] にもペイターの名は出てこない。要するに、古典に関する彼の著作は、「業績」としては無きに等しいものとして後世から扱われているのである。

専門化の傾向が行き着くところまで行き着いた現代に生きる我々がこの事実を見る時、忘れてはいけないことがある。それは、ヴィクトリア時代の大学で、古典は現代の大学におけるような専門科目ではなかったということだ。オクスフォード大学では、それは学位を得ようとするすべての学生が卒業試験で習熟度を証明しなければならない必修教科であり、古典学の研究者になろうとする学生というよりはむしろ国教会聖職者や政治家、国家公務員や弁護士の道を目指す若者に課された一般教養科目だった。特に(第一章でも触れるが)、一八三〇年に試験規程に追加された「近代著作家による古典の例解」というオクスフォード特有の方法によって、古典古代を〈過去のもの〉として見るのではなく、近代(現代)の思想・文化・社会つまり「わがこと」と関連づけて考えることが奨励されていた。専門の学としての古典研究に必須の客観的学問の態度はそもそもここにはなかったのだ。したがって、ペイターの古典研究について語ることは、「業績」評価ではなく、彼が同時代の知的状況——教会や大学、出版界と読書界、知識人間のコネクション——をどう受け止め、それにどう働きかけようとしたかを語ることにほかならない。それはまた、彼が「著述家」と「学者」という二つの身分の間をどう揺れ動いたかを語ることにもなるだろう。これが以下の三章の目指すところである。

第一章

オクスフォードのペイター
――プラトン論と大学教育の問題

一九九一年、ニュー・ヒストリシズムが批評界で確たる地歩を固めつつあった頃、リンダ・ダウリング (Linda Dowling) という目先の利く批評家が、世のペイター研究者たちに向けて一種のマニフェストともいえる宣言を行なった。ローレル・ブレイク (Laurel Brake) とイアン・スモール (Ian Small) が編集した『一九九〇年代のペイター』(*Pater in the 1990s*) に前書き (Foreword) を寄せた彼女は、その中で、伝統的なフォルマリズムに基づいた文学批評はもはや命脈尽きかけており、伝記および歴史に基づく批評がこれからのペイター研究で新しい方法論の中核を担うべきだと述べたのだ。(1) この託宣は、結果的に、ペイター研究史のひとつの転機となった。

伝記批評の可能性

十五人のペイター研究者による論文集『一九九〇年代のペイター』の中で、伝記的アプローチのモデルとしてダウリングが特に注目するのがビリー・アンドルー・インマン (Billie Andrew Inman) の論文だった。というよりはむしろ、この論文の基になった一九八八年の国際ペイター会議でのインマンの衝撃的な研究報告が、ダウリングに伝記研究の可能性を認識させるきっかけになったと言った方が正確かも知れない。この報告は、順当ならペイターが任命されるはずだったオクスフォード大学の学生監（プロクター）というポストがなぜか彼の手に渡らなかったという、一八七四年の大学人事をめぐる事件を扱うものだった。一八七四年にペイターの学生監（プロクター）選任を妨げたのはベンジャミン・ジャウエット (Benjamin Jowett) だと昔から言われてきたわけだが、その理由について初期の伝記の著者たちはきわめておざなりな説明で済ませてきた。ベンソン (A. C. Benson) はジャウエットとペイターの反りの合わない性格とジャウエットの日和見的態度が不和の原因だとし、トマス・ライト (Thomas Wright) はペイターの軽はずみな発言がジャウエットを怒らせたのだと推測した。ただし、その「発言」の内容と文脈をライトは明らかにしていない。[2] インマンはその謎めいた事件を、当時のベイリオル・カレッジの学生の手紙などそれまで日の目を見なかったものも含め多数の資料を使って検証し、この事件が実はジャウエットのお膝元ベイリオル・カレッジの学生ウィリアム・ハーディング（William Money Hardinge）とペイターの間に起こった同性愛関係（ここでは詳細は省く）から派生した問題だというストーリーを組み立てたのだ。[3] これにて長らくペイターの伝記上の不明点とされてきたこの問題に決着がつけられたかに思われ、[4] 数々の資料を駆使してインマンが〈編集〉した物語は、二〇〇四年の『オクスフォード英国伝記辞典』（*Oxford Dictionary of National Biography*）のペイターの項目（筆者はブレイク）や二〇〇八年に出たカレッジ公認の『ブレイズノーズ・カレッジ史』（J. Mordaunt Crook, *Brasenose: The Biography of an Oxford College*）[5] にも〈事実〉として記載されることになる。在学中に停学処分まで受けた問題児ハーディングの名前がこんな権威的な書物に記録されて末代まで残ろうとは、本人も夢にも思わなかっただろう。もちろんペイター研究の専門家たちによってもこの物語――または物語の一部――は繰り返し引用され、一八七四年のスキャンダルはペイター研究の頻出トピックとして不動の位置を占めるに至った。

こうした伝記的アプローチには、明らかな難点がある。ひとつは、使える材料が少なすぎるという点だ。ペイター自身が世間の評判を気にして日記や手紙などのプライベートな資料をほとんど残さず、残った僅かな資料も遺族である姉と妹が公開を渋っていた。[6] その結果、仰天の新資料を持ち出したインマンのストーリーも、よく見ると話の継ぎ目がほとんど憶測によるものでしかない。これだけ少ない資料を基に何かを言おうとすると、否応なく情報のミッシング・リンクを当て推量で埋めざるをえず、そのために資料の恣意的な利用ということが起こってくるわけである。[7] もうひとつ、これもインマンの論文にあらわれていることだが、プライバシーをほじくることは必ずしも著作や公的活動の理解に結びつかない。伝記研究が意味あるものになるためには、もう一歩何らかの新しい方向へと話を展開させていく必要があったのだ。

そして実際、一九九〇年代から二〇〇〇年代にかけて、ペイター批評史上に新しい展開が起こった。この新展開において最も重要な役割を果たしたのは、またしてもダウリングだったと言っていいだろう。彼女はジャウエットとペイターの不和という伝記的な論題を一種の学内政治的な問題へと発展させ、さらにそれをジェンダー史の文脈に入れて考察することによって、ペイターの仕事の意味と結びつけた。教師ペイターと学生ハーディングの同性愛関係は、古代ギリシアの教育を基礎づけている――そしてプラトンの著作が公然と記録している――少年愛をペイターが肯定し、現代のオクスフォードで実践したことから起こった。それに対してジャウエットは、セクシュアリティに関するヴィクトリア朝的な倫理規範に拘泥するがゆえに、ペイターの学生監選（プロクター）任を妨害するという形で〈処罰〉を行なった。その時、彼は、プラトン的な師弟関係を肯定しながらその前提となっているエロスに基づく人間関係を否定するという自己矛盾を犯している。これはテュートリアル・システムを支持するオクスフォードの公式見解の破綻をあらわすものであり、オクスフォード流リベラル・エデュケーションの自己矛盾のあらわれにほかならない、とダウリングは分析した。[8] 彼女の巧妙な議論が世に出てから、あるいはそれと相前後して、ペイターとプラトンとセクシュアリティにジャウエットを絡めた議論が次々とあらわれ、今やすっかりペイター研究の主流となった感がある。レズリー・ヒギンズ (Lesley Higgins)、ステファノー・エヴァンジェリスタ (Stefano Evangelista)、ダニエル・オレルズ (Daniel Orrells) など、名前を挙げ始めれば切りがない。[9] これら研究者の見解の細かな違いをつまびらかにするだけのスペースはない。最大公約数的な論旨を要約すれば、ジャウエットがプラトンの著作にあらわれているような古代ギリシアの同性愛的エロスを抑圧・隠蔽しようとしたのに対して、ペイターはその文化的な生産力を感知し、その再評価と文学言語による表現を試みた、そしてそれによって、二十世紀における「同性愛解放」('homosexual emancipation')[10] の先導者となった、ということになる。これに関連するもうひとつの命題は、『プラトンとプラトン哲学』の出版後にペイターとジャウエット(そして彼を通してオクスフォード大学そのもの)の間に一種の和解が成立したとする従来の通説[11]に反して、ペイターは最晩年に至るまで揺らぐことなく、意識的に、かつ激しくジャウエットと敵対したという命題だ。ジャウエットとペイターの関係は「確執」('feud') とか「異議申し立て」('challenge') といった言葉で言いあらわされた。[12]

プラトン理解の違いが大学教育についての二人の見解や方針の違いの指標になると考える点で、彼らの議論には賛同できる点がある。しかし、やはり問題点もある。まず、伝記的事実についてのエヴィデンスの扱い方の粗雑さ、そして、著作の分析における解釈の恣意性だ。これらの点については早くも一九九四年にウィリアム・シューター (William F. Shuter) が詳細な検証を行なっており、さらにはケイト・ヘクスト (Kate Hext) も二〇一三年の著書の中でペイターによる肉体および肉体的欲求の扱い方を分析することにより、彼の著作にホモエロティックな志向を過大に読み込もうとする批評家たちを窘めている。[13] もうひとつの大きな問題点は、注目するテクストの偏りである。当時のオクスフォードで圧倒的に重きを置かれたプラトンのテクストは『国家』(*The Republic*) であったのに、セクシュアリティに焦点を当てるこれらの議論は、もっぱら『饗宴』(*The Symposium*) と『パイドロス』(*Phaedrus*) についての二人の発言だけを根拠にしているのだ。『国家』はオクスフォードのカリキュラムの中で最重要テクストであるだけでなく、『英訳プラトン対話篇全集』(*The Dialogues of Plato Translated into English*, 1871) 全四巻（第二版以後は全五巻）の中でジャウエットが最も力を入れて紹介した対話篇でもあった。『国家』についてのジャウエットの「解説」(Introduction) は、初版で一六三頁、第三版では二三一頁に及ぶ。先ほど名前を挙げたヒギンズは、ジャウエットがヘテロセクシュアルなヴィクトリア朝社会の価値観にプラトンを引き寄せようとして『国家』と『法律』(*The Laws*) に重きを置いたのに対して、ホモエロティシズムを肯定するペイターは『パイドロス』、『パイドン』(*Phaedo*)、『ティマイオス』(*Timaeus*)、『メノン』(*Meno*)、『リュシス』(*Lysis*) と『饗宴』を好んだと断言している。[14] しかし、好みの問題はさておき、彼が実際に重く扱ったのは『国家』である。講師（レクチャラー）としてペイターが行なったプラトンについての講義のほとんどは、『国家』各巻の講読だった。[15]そして、一連のプラトン講義の最後を締めくくる総括的なプラトン論であり、出版もされた『プラトンとプラトン哲学』は、最初の三章における哲学史的背景の解説から始めて、最終的に第九章で『国家』の政治学、第十章で『国家』の美学というクライマックスに向かって上り詰めていくように構成されているわけである。[16]こうした事実はもっと重く受け止められるべきではないか？

が、このような問題があるとはいえ、ダウリングの指摘によって伝記的研究の意義に我々の眼が向けられたこと、そしてそれに引き続いて一連の議論が行なわれたことは、無駄ではなかった。ペイターという存在を理解するためには、オクスフォード大学を構成していた大学当局者、カレッジの運営者、他の教師、学生といった人々との関係、そして行政・教育上の日常的な仕事の具体的内容や当事者の関心事、要するにオクスフォード大学という場を文脈として考察する必要があることを思い出させてくれたからだ。ジョン・バカン (John Buchan) のようにペイターを「典型的な古いタイプのオクスフォードのフェロー」[17]と呼ぶのが適切かどうかは別として、人生の大部分をカレッジの自室とオクスフォードの自宅で過ごし、死後はオクスフォードの共同墓地に葬られた彼にとって、大学はいわば彼を取り巻く〈世界〉だったと言っても大袈裟ではない。この文脈に照らして彼の著作のいくつかの箇所の意味を汲み取り、さらにそれを梃子にして、セクシュアリティ系の批評家たちとは若干違った角度からオクスフォードの現状に対するペイターの態度を読み取ってみようというのがこの章における私の目論見である。そしてその際、ペイターとオクスフォードの関わりを査定する上で有効なつなぎ目、あるいは幾何学における補助線のような役割を果たすのが、ジャウエットという大学人にほかならない。

十九世紀中葉から後半にかけての時期に教育・研究面と行政面の両方においてジャウエットがオクスフォード大学内でどれほどの存在感を示していたか、どれほど支配的な影響力を揮ったかについては、今さら説明の必要もないのかも知れない。教育者として、ジャウエットは一八四二年の学生指導担当者(テューター)就任以来、最も有能な教師の名をほしいままにした。在任中、彼が指導したベイリオルの学生は学位試験の成績で他のカレッジの学生を圧倒するようになり、ベイリオルはかつてのオリエルに代わって学業面で最高の評価を得るようになる。さらに、その優秀な教え子たちが方々のカレッジのフェローとして採用され、「ベイリオル人脈による他のカレッジの植民地化」[18]という事態が生起したのである。研究面を見ると、ジャウエットは一八五五年以降、欽定ギリシア語教授 (Regius Professor of Greek) としてプラトンをオクスフォードの古典研究の要の位置に据えるのに誰よりも貢献した。その彼のプラトン研究の集大成が『英訳プラトン対話篇全集』である。行政面では、一八七〇年からベイリオルの学寮長 (Master)、一八八二年から八六年までオクスフォード大学学長 (Vice-Chancellor) として大学運営に腕を揮った。こうして、あらゆる面で彼は当時のオクスフォードの公式見解を代表する立場にあった人物と言えるわけだ。

一方、ペイターは、彼の生前最後の本として『プラトンとプラトン哲学』(*Plato and Platonism: A Series of Lectures*) を出版した。オクスフォードの状況を文脈としてペイターを考察しようとする我々にとってこの本がキー・テクストとなるのは当然だろう。というのは、第一に、この本は彼が実際に学生に向けて行なった講義の原稿なので、[19] 彼の研究活動のみならず教師としての日常的な業務の記録でもあるから。第二に、ジャウエットとペイターの関係は何よりもプラトンへの両者の反応を通して目に見える形になるからだ。先にも述べたように、プラトン研究はジャウエットのライフワークだった。ペイターは学生時代にプラトンについてのジャウエットの講義を聴いて古典学者としての修業をし、のちに自らプラトンを講義する立場になった。したがって、プラトンはオクスフォードの公式見解とペイターの立場を比較する際の最も有効な試金石となるのである。

ペイターのオクスフォード

まずはペイターとオクスフォードの関わりについて、言わずもがなかも知れないが、基本的な事実を確認しておきたい。彼は一八五八年十月にクイーンズ(Queen's)・カレッジに入学、四年後の一八六二年十二月に古典人文学優等学位コース(Honours School in Literae Humaniores)で第二等級(Second Class)の成績を取って卒業する。ここで二点、注記しておきたいことがある。ひとつは、学位試験(つまり卒業試験)の「古典人文学」というコースについて。英語で「スクール」と呼ばれる学位試験コースは、強いて言えば日本の「学科」あるいは「専攻」、アメリカでいえば「メイジャー」に相当するのだろうが、注意しなければならないのは、ペイターが卒業した一八六二年には古典人文学は単なるひとつの選択肢ではなかったということだ。もう少し後の一八六五年には撤廃されるのだが、それ以前は、古典人文学は優等学位を目指す学生全員が必ず受けなければならない試験で、それに合格した学生はさらに他の三つ――数学(Mathematics)、自然科学(Natural Science)、法学および近代史(Law and Modern History)――のうちいずれかひとつを選んで受験してもよいという規則になっていたのである。つまり、古典人文学試験は、すべての学生が通り抜けなければならない関門であり、在学中の勉学のほとんどすべては最終的にこの関門を突破することを目的として行なわれていたと言っても過言ではない。

もうひとつ注記が必要なのは、〈第二等級〉という成績である。結果が等級として公表される卒業試験の成績は、今の我々が想像する以上に本人のその後の人生に響く重みをもっていた。だから当時の学生、特にできる部類の学生は、等級を気にした。第二等級そのものはそう悪い成績ではないが、卒業後にどこかのカレッジのフェローになったり、大学外の世界においても本当のエリート・コースを歩んだりしようと思えば、やはり第一等級が有利である。秀才の誉れ高く学業大いに期待された詩人のクラフ (Arthur Hugh Clough) が一八四一年に第二等級を取ったあと、かつての恩師トマス・アーノルド (Thomas Arnold) に「駄目でした」('I have failed') と報告したという話が伝わっている。[20] クラフほど深刻にはならなかっただろうが、その点ではペイターも若干似たような失望感を味わったかも知れない。というのは、在学中、彼は誰あろうジャウエットに見込まれ、短期間とはいえカレッジの垣根を越えて個人指導を受けるほどの期待の星だったからだ。

第二等級しか取れなかったものの、ペイターは運良く一八六四年二月にブレイズノーズのフェローに選任され、一八六五年からは学生指導担当者(テューター)として自分のカレッジの学生の面倒を見、一八六七年には合同講義の講師(レクチャラー)としてブレイズノーズ以外の学生も教えるようになる。そして、一八八〇年に学生指導担当者(テューター)職を辞任したあとも講師(レクチャラー)の仕事は続けた。学生から見たペイターの教師としての評価は、概して芳しいものではなかったようだ。[21] ただし、これはペイターの力量のせいもあったかも知れないが、それ以外の二つの理由も大きかったのではないだろうか。ひとつには、彼の講義や学生指導は試験でいい成績をとらせるという方針に馴染まないため、学生からすれば、点数に結びつかず〈効率が悪い〉と思われたこと。(22)もうひとつは、ブレイズノーズという カレッジの雰囲気である。ペイターがいた頃、ブレイズノーズといえば勉強よりもスポーツでもっているカレッジという評判が支配的で、実際ペイターが面倒を見ていた学生も概して学業に熱心とは言えなかったのだ。(23)このように、学生としても教師としても、彼はオクスフォードの教育制度の只中で活動しながら、その環境に微妙な違和感をもつ立場にいたと言えよう。

大学全体に目を転じてみると、十九世紀後半のオクスフォードは改革の時代を迎えていた。大学人――なかんずくリベラル派の大学人たち――は、マンデル・クライトン (Mandell Creighton) の言葉を借りるならば、「熱に浮かされたような変革への欲求」(24)をもって改革に邁進したのである。機構面では、従来カレッジが占有していた権限の多くがユニバーシティに移されたが、これは言い換えれば、それまで国教会の施設であった大学が国家の施設になるという性格変更を伴うものだった。この動きがクライマックスに達したのが、一八七一年の大学審査法 (Universities Tests Act) による、フェローに対する宗教審査の撤廃である。こうした世俗化の動きはペイターや彼の教え子で同僚になったハンフリー・ウォード (T. Humphry Ward) にも直接関係するものだった。というのは、そもそもペイターのような聖職に就かないフェロー (non-clerical fellow)

や、ウォードのように結婚しても学生指導担当者（テューター）を辞めない教師が存在を許されるようになったのは、大学の世俗化の動きがあったればこそだからである。[25]

教育面で最も目立った動きは、試験制度の改変である。試験規程が改訂されるたびに学位試験は大量の――しかも高度な――知識を要求するものになり、学生と試験委員にかかる負担が増えていった。試験は学生にとって拷問の道具に等しいものとなり、専門化した哲学の試験内容に試験委員自身がついてゆけないという、笑うに笑えない事態まで発生したのだった。[26] そして、高度化とともに、等級争いの競争が各カレッジのプライドを刺戟してますます激化していく。

教師としてのペイターは、この古典人文学コースという制度の中で仕事をした。一八〇〇年につくられた試験規程によってスタートしたこの制度が一世紀間を通じて変化発展していったプロセスは私の『十九世紀オクスフォード』[27]に叙述した通りだが、ここでは三つの点だけを確認しておきたい。第一は、この制度の中でのプラトンの位置づけである。十九世紀前半に人文学試験を圧倒的に支配したのは、アリストテレスの『倫理学』と『修辞学』だった。初期の人文学試験の課題書リストにプラトンは影も形もなく、かろうじてオプションとして『パイドン』(*Phaedo*) が記載されているだけだ。十九世紀後半になってもアリストテレスは学位試験の主要テクストであり続けるが、それ以上の大黒柱的な位置を占めるようになったのがプラトンの『国家』である。そして、そういう状態を作り出すために誰よりも尽力したのがジャウエットだったのだ。彼は遅くとも一八四七年には『国家』についての講義を始め、一八五三年には実際に多数の学生が試験の課題書としてこの対話篇を選択するようになった。[28]

古典人文学コースについて特記すべき二つめの点は、「近代著作家による古典の例解」という方法である。一八三〇年に試験規程が改訂された際にいくつかの新機軸が導入されたが、その中で特に注目に値するのがこの条項だった。そこには、試験の対象となる修辞学、詩学、倫理学、政治学は「古代の著作家から導き出せる範囲」のものとするが、「随時、便宜に応じて、近代著作家の著作によって例解（'illustrate'）してもよい」[29]と書かれている。古典人文学は、基本的には古代の文献についての知識だが、そこに近代の書物に含まれる類似の内容を重ね合わせ、相互に照応させることによって理解を助けようというわけだ。もともとリベラル派の神学者レン・ディクソン・ハムデン（Renn Dickson Hampden）が中心になってこの方法を導入した当初は、アリストテレスの政治学と倫理学をフッカー（Richard Hooker）や十八世紀の国教会主教ジョーゼフ・バトラー（Joseph Butler）といった神学者の著作と重ね合わせて、古代異教の哲学と国教会神学の連続性を見つけるのがお決まりのやり方だったが、ジャウエットやマーク・パティソン（Mark Pattison）が実権を握った世紀後半になると、プラトンをベイコン（Francis Bacon）やヘーゲル（G. W. F. Hegel）で例解する、つまり古典を護教的目的から解放して、国教会神学と切り離した近代哲学史の文脈の中で解釈するのが流行の手法となる。[30]その結果、パティソンが言うように、オクスフォードの古典人文学コースほど「いわゆる〈近代思想の成果〉がすっかり定着してしまっているところ」[31]はヨーロッパ中を探しても他にないという状態になった。「例解」の条項が追加されて何十年かが過ぎるうちに古典人文学は当初の意図から離れ、古典をだしにした近代思想それ自体の研究という側面が大きくなっていったのである。このように世紀の前半と後半とで違った意図をもって利用されたとはいえ、「近代著作家による古典の例解」という慣習の重要性はどれほど強調してもしすぎることはない。というのは、まさにここに、オクスフォードの古典人文学コースが学生に与えた最も大事なメッセージ——つまり、古代の思想や歴史を現在の自分と関連づけて考えよというメッセージ——があらわれているからだ。

こうした知的環境の中で学生時代を過ごし教師として仕事をしたペイターにも、当然ながらこの志向が濃厚にあった。その端的なあらわれを我々は『ルネサンス史研究』(*Studies in the History of the Renaissance*, 1873)——第二版以後『ルネサンス——藝術と詩の研究』(*The Renaissance: Studies in Art and Poetry*)と改題——の「結語」('Conclusion')に見ることができる。世の無常の認識と一瞬一瞬の美的享受への専心を推奨する人生哲学を説くこの短い文章は、もともとモリス(William Morris)の詩に対する書評の一部として書かれたものだから、一見、大学での古典人文学研究とは接点がなさそうに見える。だが、ヘラクレイトス(Heraclitus)を引用するプラトンの一文(『クラチュロス』402A)をエピグラフに置き、この人生哲学を「近代思想の趨勢」の必然的帰結として、フィヒテ (Johann Gottlieb Fichte)、スペンサー (Herbert Spencer)、バークリー (George Berkeley)、カント (Immanuel Kant) 等の所説をよりどころに分析する「結語」として編輯し直された時、[32] このエッセイはまさに〈古典をだしにして近代思想を語る〉「例解」の慣習の実践という様相を呈するのである。「『結語』の本当のテーマは一八六八年の［エッセイの題目であった］モリスの詩でも一八七三年の［著書のタイトルに謳われた歴史上の］ルネサンス運動でもなく、ペイターの時代にダーウィンやスペンサー、ハクスリーといった面々が喧伝していた新しい科学思想に由来する問題だった」[33] というモンズマン (Gerald Monsman) の見立ては確かに正しいのだが、その中でペイターが「お手軽な正統思想に黙従するな」とか「我々が与りえない何らかの利害や、共鳴したことのない抽象理論、あるいはまた単なる惰性的慣習――こうしたものを慮って［この短い人生における］経験を少しでも犠牲にすることを要求するような学説や理念や体系に敬意を表する必要などない」というような刺戟的な主張を展開した (*The Renaissance*, p. 189) のは、このように同時代のオクスフォードの知的慣行に則った形を整えた上でのことだった。『ウェストミンスター・リヴュー』(*The Westminster Review*) に掲載された元の書評[34]が無署名だったのに対して、この本でブレイズノーズのフェローという立場を初めて明かして自身の過激な信条を表明するにあたって、彼はオクスフォードの哲学教師としてのプロトコルを守り、最低限の安全策を講じたつもりだっただろう。しかし、先ほど触れた「聖職に就かないフェロー」の存在とともに、こうした学内の傾向は、当然、教会当局と大学内の教会人脈に連なる人々にとっては望ましいものではなかった。当時、オクスフォード内部の保守的教会勢力の黒幕として隠然たる影響力を揮っていたヘンリー・リドン（Henry Parry Liddon）は友人にあてた手紙の中で、「いかなるものであれ真摯なキリスト教を心の底から憎んでいる」手合いが学内の多数派を占めていると指摘した上で、こう書いている――「問題は、キリスト教徒である親が、不信心を教える明白かつ合法的な権利をもつ信仰なき歴史教師や哲学教師に、自分の息子を未来永劫委ねようと思うかどうかだ」。[35]

第三の点は、テュートリアルというイギリス独特の指導形態である。テュートリアルという言葉から、我々は現在のオクスフォードで行なわれているような専攻分野の個人指導という授業形態をイメージしがちになるのだが、そうするといささか当時の実態を誤解してしまうことになる。現在のようなテュートリアル方式の授業は決して伝統的なものではなく、オクスフォードでは――「テュートリアル」という単語を名詞として使う用法とともに――第一次大戦後にようやく発生したにすぎない。[36] 大学史において「学生指導担当者（テューター）」という語は、もともと学業を教える知育教師というよりは学生の金銭および風紀面における監督者、生活指導教師という意味合いで使われていた。[37] そこに十九世紀の前半、強烈な牧者的使命感をもつニューマン（John Henry Newman）をはじめとするトラクト運動派の学生指導担当者（テューター）たちが、宗教生活を含む精神全体の指導という機能を付け加えた。こうして、テュートリアルは授業時間だけでなく生活のあらゆる局面を包含し、人格と人格の濃厚な接触と影響関係によって学生を倫理的に導く行為という意味をもつようになったのである。ジャウエットはトラクト運動そのものには何の共感も示さなかったが、ダウリングが指摘するように、テュートリアルについてのこういう考え方だけはしっかり継承した。(38)

以下に、競争試験と教師による指導のあり方という二つのポイントに関して、ジャウエットを片方の目で睨みながら、ペイターが『プラトンとプラトン哲学』を通して学生たちに――ひいてはオクスフォード大学そのものに――伝えようとした見解を観察し、何が見えてくるかを探ってみたい。

試験の功罪

『プラトンとプラトン哲学』の第五章「プラトンとソフィストたち」('Plato and the Sophists')の冒頭でペイターは、ソクラテスのライバルであったソフィストとはどういう人たちであったかを語っているが、ここには同時代のオクスフォードの教育状況や自分が教師として直面した問題を意識した発言が特に多く見られる。例えば、既成事実を支える固定観念を疑い、根本的に問い直すよう若者を唆したがゆえに古い世代の人々の神経を逆なでした点でソクラテスとソフィストたちは同類だったと指摘する時、ペイターは若き日に過激な思想ゆえに学生への悪影響を疑われた自分の姿を思い起こしていたに違いない。

実際、ソクラテスはソフィストだった。ただし、並のソフィストではない。ソフィストもソクラテスも、彼らが教える若者たちの父親世代には疑問の余地なしと思えた事柄を遠慮なく論議の対象とした。不敬とも思える問いかけを息子世代に奨励し、「息子たちの心を父親への反撥に」向かわせた。そして、時にはソクラテスの教えの方がソフィストの教えよりもひときわ有害に見える場合もあったのである。(39)

ここでペイターが、自身を教師ソクラテスの立場に置きながら具体的に思い出しているのは、『ルネサンス史研究』の初版を出したあとに大学内外の教会勢力から受けた一斉攻撃――その結果、第二版では「結語」を削除せざるをえなかった――だっただろう。(40) 彼はこの時、歴史上のソクラテスと同じように、青年に悪影響を及ぼし、国が認める宗教を軽んじたとして断罪されたのである。攻撃に加わった人たちのひとり、オクスフォードの主教マカーネス（John Fielder

Mackarness) は一八七五年に行なった演説の中で、わざわざ『ルネサンス』結語の一部を引用して大学内に広がる不信仰と世俗精神に警鐘を鳴らした。その時の決めぜりふが、「一世代前にオクスフォードで立派に活躍した人が、自分が学んだのとこれほどかけ離れた教えを息子に吸収してほしくないと思ったとしても、何の不思議があろうか？」というものだったのだ。[41] ここで我々は、十九世紀後半のオクスフォードの急激な脱宗教化への危機感を表明した先ほどのリドンの手紙の一節を思い出さざるをえないだろう。〈こんなところに息子をやれるか？〉というのは、大学を従来通り教会に従属する機関のままにしておこうとする勢力の、共通のレトリックだった。

とはいえ、この点に関して教会から目をつけられたのはペイターひとりではない。マカーネスの攻撃は、オクスフォード大学の多数派に向けられていたと言ってもいいだろう。特に、率先して大学の世俗化を促進したジャウエットは、ペイター以上に教会当局およびピュージー (Edward Bouverie Pusey) をはじめとする大学内の高教会(ハイ・チャーチ)勢力から睨まれる立場にあった。実際、ジャウエットは若い頃に出版したパウロの手紙への注釈 (*The Epistles of St. Paul to the Thessalonians, Galatians and Romans: Translation and Commentary*, 1855) と、悪名高き『エッセイズ・アンド・リヴューズ』(*Essays and Revieus*, 1860) に寄稿した聖書解釈論をきっかけに大学裁判所 (the Chancellor's Court) に異端の廉で告発されるなど、[42] この時のペイターとは較べ物にならないくらい激しい攻撃を受けた経験がある。ピュージーがジャウエットを提訴する準備のために一八六二年に出版した文書には、すでに〈こんなところに息子をやれるか?〉のレトリックが用いられていた。

> わが大学の有能な若者の間に懐疑の思想を普及させる上で［ジャウエット教授］の影響は……すでに大いなる破壊力を発揮している。彼の影響を受けた有能な若者が他のカレッジの学生指導担当者(テューター)になれば、オクスフォードが魂の破壊者としてどれほどの力をもつことになるのか、その高は計り知れないものがある。大学が手を拱(こまね)いてこのような事態を許容するならば、有能な息子をオクスフォードに送る親は自分の息子が信仰を、魂を、喪失することを覚悟せねばならないのだ。(43)

こうして見ると、ソフィストとしてのソクラテスのくだりを書いている時のペイターがどちらかといえばジャウエットを自分の先導者として見ていた、つまり自分をジャウエットと同じ側に置いて見ていたことは間違いない。彼はまさにジャウエットの影響下にあって「他のカレッジ」に職を得た若い学生指導担当者(テューター)のひとりだったのである。

逆の意味で重要なのが、同じ第五章の次の一節である。というのは、ここにはジャウエットに対する批判の意味を含んだ当てこすりも紛れ込んでいるからだ。

ソフィストは専門技術者だった。彼らは自らが賢人であり、他人を自分と同様の賢人にしてみせると触れ込んだのだ。ある種の知識については、実際に他人を試験することができ、逆に他人が我々を試験することもできる――しかもソクラテスの方法で得られる知識のような単なる近似的な正しさではなく、機械的にこうだとわかっている工程を測る時のような、あるいはきわめて若い学生の習熟度を（事実、ソフィストたちが相手にしていた教え子はきわめて若い人たちだった）それなりの段階において測るには足りるような試験で測定する時のような、確実な精確さをもって測ることができる。彼らが得意としたのはそういう種類の知識だった。教わる方にとっても、技能を見事に行使してみせることによって日々の進歩を確認できるような知識を教わる――これは新しいゲームを習うのと同じくらい楽しいことだった。(pp. 99–100)

プロ教師であるソフィストたちの売り込み文句を紹介したこの一節は、ジャウエットがオクスフォードで果たしたある意味で最も重要な役割とその背後にある信念への当てつけ（アリュージョン）であり、オクスフォードで現に行なわれている教育活動の皮肉な描写でもあった。実際、大学の現実に対する学内外からの批判的な見解はしばしば、ペイターがまさにここで使っているような言葉と観念を使って表現されたのだ。例えば一八八一年に、スコットランドの古典学者ジョン・ステュアート・ブラッキー（John Stuart Blackie）はオクスフォードの教育システムを批判してこう言っている。

競争試験は、触知できる、測定可能な、精確に計算できるある種の技巧に頼ろうとする気持ちを必然的に育成するものである。こういう小手先の技術を強制されて用いていると、それに必要な訓練を受けさせられている人間の自発的な知性の働きが圧殺されてしまう。このような圧力の下では、学生はもはや学究の徒とはいえない。[44]

古典という、現代社会において直接の有用性をもたず、試験のため以外に使い道のない教科からなる共通のカリキュラムを全学生に課し、試験結果を等級化して公表するという優等試験（Honours Schools）の制度がある限り、教育のプロセスが競争のプロセスになるのは必然である。この傾向が嵩じて、世紀後半にはパティソンが「試験制度の圧政」[45]と呼ぶような状況が出来した。これは、教育活動が低調になっていた十八世紀の沈滞状態から脱却して古典人文学コースの教育的機能を充実させようとした大学人たちの努力の皮肉な結果とも言える。こうした競争試験万能の傾向に誰よりも強く反撥したのはパティソンだったが、[46]ペイターもそれに劣らず、競争試験の精神には嫌悪感を示した。一八八六年、『ペルメル・ガゼット』（*Pall Mall Gazette*）のアンケートへの回答の中で彼は、試験準備のための勉強を、「ある種の目的のためには不可欠」と認めながら、「長い、ペダンティックで機械的な訓練」と呼んでいる。(47) そして、彼が嫌ったこの傾向を促進するのに誰よりも貢献したのがジャウエットだったのだ。

では、ジャウエットの側から事態を見てみたらどうだろうか？　彼は単に権力者としてサディスティックな快感を得るためにだけ競争試験を煽り、学生を選別したのだろうか？　実は、ジャウエット自身、『国家』に付した「解説」の中で、試験の意義をプラトンの理想国家にかこつけて語っているのだ。『国家』第三巻に、ソクラテスが国の支配者となるべき若者に一連の試練を与えることを提案するくだりがある。「我々は、こうして子供のときにも、青年のときにも、成人してからも、たえず試練を受けながら無傷のまま通過する者を、国家の支配者として、また守護者として任命し……なければならない。しかし他方、そうでない者は排除しなければならないのだ」(413E–414A)。(48) ここからジャウエットは「階級の移動」('the transposition of ranks')——あるいは、彼が初版の「解説」で使ったフレーズで言えば、「開かれた出世の道」('open career')——という観念を読み取った。(49)

プラトンは……国の守護者を一連の試験で試してみて、決められた基準に届かない者はすべて支配者層から外すか、または入れないようにしなければならないと言っているのだ。この

「アカデミック」な教練は、ギリシアの諸国、特にスパルタで、ある程度奏効していた。もうひとつ彼が指摘しているのは、固定的身分の制度 (the system of caste) は古代世界の大部分に存在し、近代のヨーロッパでも決して廢れたわけではないけれども、その制度よりも時には実力の方が優先されなければならない場合があるということだ。(3rd ed., 3:lii)

文中、引用符のついた「アカデミック」という語がどこかから引用されたものなのか、それとも引用でないのかはわからず、この箇所での精確な語義も判断がつかないのだが、階級を越えた能力試験による国家の指導者の選別というのが、まさにジャウエットの考える大学の社会的機能の最重要ポイントであったことは間違いない。『十九世紀オクスフォード』で言及したように、[50] ミドル・クラスの、しかもさほど裕福でない階層の出身であったジャウエットは、ミドル・クラスの優秀な人材を大学に取り込むことに熱心だった。その関心は、一八七〇年にベイリオルの学寮長に就任して最初に行なったカレッジでの説教にもはっきりあらわれている。そこで彼は、ベイリオルがかつての階級的排他性から脱却して、今や様々の階級の出身者を抱えていることを誇らしげに語っている。[51] このように彼は学生の受入れにおいて幅広い層に機会を与えたのだが、それだけではなく、ミドル・クラスの子弟の卒業後のキャリアに道をつける開拓者の役割も果たした。彼は一八五三年に制度化された文官 (Civil Service) 採用試験に関与し、文官候補生を大学で

（特にベイリオルで）教育するというコースを確立する。[52] こうして、優秀だが裕福でない若者に上昇の機会を与え、厳しい競争試験で選別することによって国家のエリートへと育成するというプランは、ジャウエットにとって目の前にある切実な課題だったのであり、[53] それを彼は遠い古代ギリシアの哲学者の発言によって権威づけたのだった。

このように、同時代のオクスフォードの人文学教育の中核に位置する試験制度について、ペイターは学生個人に対する効果に焦点を当て、ジャウエットは大学教育の社会的機能に焦点を当てて、互いに相容れないそれぞれの見解を、どちらもプラトンを味方につける形で表明した。[54]

愛と服従による教育

次に、教師による指導のあり方という二つめのトピックに着目してみよう。ペイターは「プラトンの天賦の資質」（'The Genius of Plato'）と題する第六章の中で、教師と生徒の間に成立するプラトン的な教育関係を、愛（love）の力に発するものとして説明している。

愛する人にとって、眼に見える世界全体、その色、形、愛らしさ、力と輝かしさは、何よりも眼に見える生きた人間の力や輝かしさと結びつくものだったに違いない。言葉や眼差しや手触りにより感覚を通じて知覚されるこの力と輝かしさにこそ、ひとりの人間が別の人間を説明不可能な力で専制的に支配しつつ魂を形成させる教育力が秘められていたのだ。

(pp. 134–35)

このくだりは、教育における師弟の同性愛関係の公然たる肯定を表明した文章として、先ほど触れたセクシュアリティ系の批評家たちに大いなる材料を与えたのだが、ここでは少し別の点に注目してみたい。それは、自由を必須の属性とするはずの愛と、自由を暴力的に圧殺するものである専制的支配とが、ペイターの見るところのプラトン的教育関係においては結びつき共存していたという点だ。我々を戸惑わせるこの逆説はペイター自身をも戸惑わせたようで、それがこの文中にある「説明不可能な」という形容詞にあらわれている。彼はこの一節を含む章の中で、若い頃のプラトンが人一倍もっていた肉体的感受性が、ソクラテスの影響により後年身につけた禁欲主義と不可視なものへの志向と融合して、見える美と見えざる善、官能的な愛と厳格な支配という一見相反するものの合一に基づく教育理念が生まれたという説明を展開するのだが、もちろん、この説明が歴史上のプラトンの思想形成をどの程度忠実に言い当てているのかについては、大いに疑問の余地があろう。容易に合理的な説明を得られそうにないこの逆説を解くヒントを見つけるために、我々は第八章「ラケダイモン」('Lacedaemon')に目を向けなければならない。ペイターによれば、古代スパルタはプラトンが理想の共和国をイメージする時に模範として意識した実在の都市である。この章は、アテナイのプラトン・アカデミーに学ぶ学生のひとりが師プラトンの理想国のモデルを実地調査する目的でスパルタを訪ねるという設定で書かれていて、彼が見聞するスパルタ支配階級の若者の教育は、軍隊や修道院になぞらえられる閉鎖された共同体の中で行なわれるプロセスであり、第六章で紹介されたプラトンの教育理念と同様に、愛と専制的支配の奇妙な組み合わせからなっている。それは一方で年長者への絶対的服従、苦痛を与える体罰、自由行動の抑制を伴う教育である。ところが他方で、「『女性の愛にもまさる』汚れなき若者の友情の神聖化」をも伴う。そしてその友情は「練り上げられて一種の技法となり、教育の原理的部分となった」とペイターは言うのだ。

> 愛される少年と愛する男が、とりわけ戦場で何日も朝から晩まで労苦をともにする。そうすると彼らの間には〈聞く者〉と〈霊感を与える者〉の関係が生まれ、年長者は自分自身の強さとものごとに接する際の高尚な趣味を少年に吹き込むのだった。(pp. 231–32)

実は、年長者と少年のこのような教育的関係の意義は――ペイターほど手放しにではないが――

ジャウエットも認めるところで、彼は古代ギリシアにおける少年愛の存在をことさら隠蔽していたわけではない。『饗宴』に付した「解説」の中で彼はこう書いている。

> 若者への愛は、堕落した場合を除き、美のみならず美徳と慎みへの愛にほかならなかった。美は美徳と慎みのあらわれにほかならないのだから。ギリシアのいくつかの都市国家（特にスパルタとテーバイ）では、若者が年長の男性に抱く高潔な愛慕の念は、教育プロセスの一部をなしていた。「このような絆で結ばれうるならば、愛する者と愛される者からなる軍隊は無敵となるだろう」（『饗宴』178ff.）……。[55]

ジャウエットが、「堕落した場合を除き」という条件つきではあれ、教師と教え子のこのような関係にさしたる違和感をもっている様子がないのは、オクスフォードのテュートリアル・システムの中で学生指導を担っている学生指導担当者（テューター）にとっては、学生との濃厚な、そして強制力を伴う人格的関係は当然の現実だったからだ。真面目で熱心であればあるほど、彼らは見込みのある子に目をかけ、可愛がった。そして、自分が選んだお気に入りの学生と休暇をともに過ごした。ジャウエットと教え子の関係について言えば、一八四〇年代後半に学生の一部に起こった「ジャウエット崇拝」(‘Jowett-worship’)について、ルイス・キャンベル(Lewis Campbell)はこう書いている。「教え子に対するジャウエットの強い愛着は、当時のオクスフォードに類を見なかった。そしてその有効性を一層高めたのが彼の並外れた人間的魅力で、これは年少者には抗いがたい体のものだった……」。[56] 教師ジャウエットは、ペイターのいうプラトン的な教育――「ひとりの人間が別の人間を説明不可能な力で専制的に支配」するという人間関係に基づく教育――をオクスフォードでまさに実践していたわけである。ただし、すべての学生がジャウエットを崇拝したわけではない。濃厚な人間関係を築いたのは選別された学生であり、その外側には彼に反撥し、恨む学生もたくさんいたという事実を付け加えておかなければならない。

こうしてみると、ジャウエットは古代ギリシアについて語りながら、実は同時代のオクスフォードを強く意識していることがわかる。そしてペイターもまた、スパルタの教育を語る時、同時にイギリスの教育を念頭に置いている。いやむしろ、「ラケダイモン」の章は古代よりも現代、ありていに言えばペイター自身がカンタベリー (Canterbury) のキングズ・スクール (King's School) とオクスフォード大学で受けてきた――そして現在教師として関わっている――イギリスの古典教育システムについて、より多くを語っていると思えて仕方がないのである。[57] ラケダイモンの支配者となるべき自由民 (*liberales*) は、幼くして家を出て「パブリック・スクール」('a public school') に入り、「一種の軍事的修道院精神」の気風の中で教育を受ける。この教育には「我が国の場合と同様に」生徒の年齢による序列に基づいた自治が含まれており、支配・服従関係を明確にする各年齢層の呼び名が「パブリック・スクール内のスラング」として存在していた。知育は「忠実な記憶力の訓練」を中心としていたが、「記憶力を鍛錬し、過去の出来事で頭を満たすことは、我が国で若者を古典や歴史で教育するのと同じように、実は活力ある想像力を育てることにつながったのである」(pp. 219–25. 傍点は引用者による)。こうしたスパルタの若者の教育プロセスの細部の描写は、ほとんど彼の自伝の断片として読めるのではないだろうか？　愛と暴力、自由と専制の共存は、プラトン以上にヴィクトリア朝の古典教育に内在する逆説だったと言える。

スパルタの教育システムの視察を終えたアテナイの学生はこう問いかける。

> 来る日も来る日も、この難しく厳しい課題に取り組まなければならないのはなぜなのだろう？　元々の目的がなくなって惰性で続いているだけと思える制度を、自分自身を犠牲にしてまでこれほど後生大事に守るのはなぜなのだろう？　それ自体として特に役に立つとか面白いとか思えるものを与えてくれようとしない、困難でゴールの見えない修行を。(p. 232)

これは、ペイターがイギリスの古典教育そのものに対して投げかけた問にほかならない。

この問にペイターがどう答えたかを検証する前に、『プラトンとプラトン哲学』から少し離れて、イギリスの教育体制への直接的な批評ともいえる「エメラルド・アスウォート」('Emerald

Uthwart〉という〈架空の肖像〉に一言触れないわけにはいかない。イギリスのパブリック・スクールと大学で古典人文学的な教育を受けて軍隊に入り、受けた教育を通して習い性となった年長男性への従順さゆえに軍規違反を犯し、悲劇に巻き込まれる若者を描いたこの作品の筋書きの詳細をいまさら紹介する必要はないだろう。確認したいのは三つの点だ。第一に、主人公が学校と大学で受けた古典カリキュラムに基づく教育[58]の基本的な性格は、ペイターがスパルタ的な教育の特質として言いあらわしたものと一致するという点。「一目瞭然の有用性あるいは実用性をもつ教育形態と対照的に、格別に難しいわりには見たところ迂遠で無目的である点」に、語り手はイギリス古典教育の特徴を見る。そして続けて言うには、「アスウォートは固定化された規則の網の目に捕らえられていた。そこでがんじがらめになってしまえば、元々もっていた気質や性向のいくぶんかが、発揮されないため退化してしまいかねないのだが」。[59]実は、このくだりがスパルタの教育の描写と似ているのも当然で、ひとつ注記するならば、この後半部はドイツの歴史家クルティウス (Ernst Curtius) が『ギリシア史』(*The History of Greece*) の中で古代スパルタの少年の生活ぶりを描写した文章の部分的な借用で、「ラケダイモン」の章の記述と共通の情報源に基づいているのである。[60]第二は、アスウォートが大学で課せられる勉強——古典の課題書をあてがわれ、「[学校時代より] 大がかりな競争に向かってひたすら従順に励むことそのものが、そうした努力の唯一の報償となるという気持ちを以前にも増して彼にもたせる」(*Imaginary Portraits*, p.

189）ような勉強——つまり、自己目的的な競争試験に支配された学業のあり方は、ジャウエット的な価値観に基づいているということ。この価値観にペイターが必ずしも共感しなかったことは先ほど触れた通りである。しかし、それにもかかわらず、第三に、その教育の産物であるエメラルド・アスウォートという人物を、語り手はある程度肯定的に、美しいものとして描いているということを付け加えなければならない。主人公は最終的に無罪判決を受け、遺体となってなお若い青年の美しさを留めていたと作中の解剖医は記録している。

先ほどの問に戻ろう。アテナイの学生の口を借りてペイターがイギリス（特にオクスフォード）の古典人文学教育に投げかけた問には、どういう答が用意されているのだろうか？　何の役にも立たない教育をいつまで惰性で続けるのかという問は、実は、十九世紀の初めにオクスフォードに古典人文学学位コースが創設されて以来、数え切れない人たちが批判と揶揄を込めて投げかけてきたものにほかならない。世紀初め頃の『エディンバラ・リヴュー』（*The Edinburgh Review*）の批評家たちから、若き日のミル（John Stuart Mill）や『ウェストミンスター・リヴュー』に集った急進派の思想家たちから、政治的自由主義者マコーリー（Thomas Babington Macaulay）から、また一八五〇年代の大学改革に携わった自由党の政治家たちから、そして世紀後半になるとパティソンをはじめとする大学内の一部勢力から、さまざまな異論がオクスフォード大学に向けられた（それら批判の詳細については、またしても『十九世紀オクスフォード』をご参照願いたい）。批判の声が上がるたびに、この制度と慣習に不断に修正を加え続けながら、エドワード・コプルストン (Edward Copleston) やニューマン (John Henry Newman) のような人たちがオクスフォードの自己弁護を弁護の論陣を張ってきた。そして、世紀の中頃から後半にかけてのオクスフォードの自己弁護を正式に代弁したのがジャウエットその人である。

では、大学人ペイター自身の答はどういうものだっただろうか？　フィクションである「エメラルド・アスウォート」では、先ほどの「なぜ？」という質問に、「聡明なスパルタの若者」の答がいくつか用意されている。ひとつは「私自身が完璧な藝術作品となって、ギリシア全土の人々の眼に姿を映したいからです」というもの。もうひとつは「自分の祖国であるこの国の諸制度には内在的な美しさがあるから」というもの。さらには「慰めを与えてくれる友人たちがここにいるから」とか「名誉を重んじる心」から、といった答だ (p. 232)。しかし、これらの答は最終的にペイターを満足させることがない。聡明な若者の答を聞いたあとも、彼は「何のために？」('*To what purpose?*') (p. 233) という疑問を繰り返すだけで、自分の判断を明確に示すことがないのだ。

煮え切らぬ結論

そろそろこの章にまとめをつけなければならないのだが、私の結論は、残念ながらエキサイティングなものではない。ペイターとジャウエットの間に、セクシュアリティ系の批評家たちが言うような真正面からの公然たる対立があったことを立証できるのならば、それは面白いストーリーになったことだろう。しかし、事実は、ペイター自身の態度が、全面肯定でも全面否定でもない、煮え切らないものだったということなのだ。『プラトンとプラトン哲学』の書評でルイス・キャンベルが指摘するように、[61] 右を択ったら左を捨てるとか、ひとつの命題に頑なに執着するとかいうような〈志操堅固〉な姿勢をペイターに求めても無駄なのである。とりあえず結びとして言えるのはこういうことだ。ペイターは大学教育の目的と機能に関して、オクスフォードの公式見解ともいえるジャウエットのリベラルな考えを基本的に継承するところから出発したが、それを実行する方法についてはジャウエットに疑問を呈さざるをえなかった。おそらくそれはジャウエットとペイターおのおのの個人的な気質や見解の相違というものではなくて、ジャウエットの世代とペイターの世代の意識の違いに帰せられるべきものなのだろう。つまり、約一世紀前にスタートしたオクスフォードの古典人文学教育の制度そのものの手詰まり感が世紀末に至っていよいよ覆い隠せなくなってきたことのあらわれだったのではないだろうか？　人文学がどうやってその手詰まり状態から脱するのかという問いはペイターにとって重要課題だったに違いないが、その問題は大学史よりももっと広い文脈の中で考察しなければならない。それが次章の内容となる。

第二章

ギリシア神話論と十九世紀古典学の新方向

この章は、ペイターが一八七五年から七八年にかけて書いたギリシア神話をめぐる四篇のエッセイについて、①エッセイのテクストそのもの、②ペイターを取り巻く人間関係、そして③当時のイギリス思想界および出版界の動向、という三つのレベルの材料を一つの視野に入れて考察しようとする試みである。

最初に、これら四篇のエッセイが最終的に『ギリシア研究』(*Greek Studies*) という一冊の本の一部として出版されるまでの基本的な一連の事実を時系列に沿って確認しておこう。(1)

一八七五年十一月二十九日　バーミンガム・アンド・ミドランド・インスティテュート (Birmingham and Midland Institute) で「デメテルとペルセポネの神話」('The Myth of Demeter and Persephone') を講義。(2)

一八七六年一月　「デメテルとペルセポネの神話Ⅰ」が『フォートナイトリー・リヴュー』(*Fortnightly Review*) に掲載される。

一八七六年二月　「デメテルとペルセポネの神話Ⅱ」が『フォートナイトリー・リヴュー』に掲載される。

一八七六年十二月　「ディオニュソス研究」('A Study of Dionysus') の第一部「火と露の霊的形姿」('The Spiritual Form of Fire and Dew') が『フォートナイトリー・リヴュー』に掲載される。記事末尾に「つづく」('To be continued') と記して続編を予告。

一八七七あるいは七八年　予告された「ディオニュソス研究」の続編として「エウリピデスの『バッコスの信女』」('The Bacchanals of Euripides') を執筆。しかし、『フォートナイトリー・リヴュー』には掲載されず。

一八七八年十月　マクミラン (Macmillan) 社から以上四篇を含む『ジョルジョーネ派およびその他の論考』(*The School of Giorgione and Other Studies*) 出版を計画 (Evans, ed., Letter 52 [p. 32])。

一八七八年十一月十八日　『ジョルジョーネ派およびその他の論考』から『ディオニュソスおよびその他の論考』(*Dionysus and Other Studies*) へのタイトル変更を決意 (Evans, ed., Letter 54 [p. 34])。

一八七八年十一月三十日　『ディオニュソスおよびその他の論考』出版断念 (Evans, ed., Letter 55 [p. 34])。

一八八九年五月　一八七八年に執筆した「エウリピデスの『バッコスの信女』」を『マクミラ

ンズ・マガジン』(*Macmillan's Magazine*) に掲載。

一八九四年七月三十日　ペイター死。

一八九五年　遺稿管理人シャドウェル (C. L. Shadwell) の編輯により『ギリシア研究』出版。上記四篇の他に、一八八九年に書いた「隠されたヒッポリュトス——エウリピデス作品より派生した習作」('Hippolytus Veiled: A Study from Euripides') と、一八八〇年と一八九四年に雑誌に発表したギリシア彫刻関係の四篇を収録[3]。

ここからわかるように、四篇のうちデメテル神話についての二篇はまず講義、次に雑誌記事、そして最後に単行本という三つの段階、ディオニュソス関係の二篇も、雑誌掲載を経た上で単行本に収まるという段階を踏んだわけである。

『ルネサンス』のトラウマ

ペイターがこれら一連のエッセイを発表した動機は何だったただろうか？　これについてのヒントを我々は、これら一連のギリシア神話論の締めくくりとも言える「エウリピデスの『バッコスの信女』」の冒頭近くの一節に見つけることができる。ペイターは、『バッコスの信女』がエウリピデスの晩年に書かれた作品であることを踏まえて、この悲劇を書いた時、彼は近づいてくる死後の世界という未知の領域を目前にして誰もが陥る不安に苛まれていたのだと推察する。それは、善男善女が大切にする宗教心を長きにわたって軽んじ揶揄してきた懐疑主義者エウリピデスが人生の最後に感じた、生前の功徳が足りなかったのではないかという不安だった。

エウリピデスはギリシアの宗教について世間の人々の常識に反する発言を散々してきた。あるいはそのように世間から思われてきた。そして今、人生の終焉を迎えるにあたって、もう争うのはやめようと思ったのだ。とにもかくにも世間と和解したい。頭を下げたっていい、前言を撤回することさえ厭わないという心持ちだった。この気持ちから二つの方策が浮かんでくる。ひとつは連綿と伝えられてきた公認の宗教的伝統にただただ従順になること、もうひとつはそれを精製し透明化することだ。慣習化した祭礼や伝説のうち荒唐無稽と思えた点に彼はひとつひとつ粛々と精緻で合理的な説明を施していく。今どきの物書きなら誰もがするように、彼は神話がどのように作られたのか、そして時が過ぎるうちに人々がどういう風にもともとの意味を見失っていくのかについて理論化する。また、甘んじて受け容れることにした部分についても、持ち前の言葉の才をもって慈しむように彫琢をこらし、磨き上げようとするのだ。(*Classical Studies*, p. 155)

ここでペイターは、エウリピデスが『バッコスの信女』を書いた動機を推察しているのだが、これを読む読者は、ペイター自身が一八七〇年代中頃にデメテル神話やディオニュソス神話について語った動機をここに重ねて読み取らないわけにはいかない。

一八七三年に『ルネサンス史研究』の初版を出版した直後から、彼は主に二つの方面から袋叩きと言ってもいいほどの攻撃を受けた。一つは、彼の所属するオクスフォード大学の内外にいる国教会正統派の面々からである。彼らは特に『ルネサンス』の「結語」に表現されている刹那主義的とも受け取れる人生観に白い目を向けた。一八七三年三月にペイターは、かつての教え子であり今はブレイズノーズ・カレッジの学生指導担当者（テューートリアル・フェロー）で礼拝堂付き司祭も兼任していた同僚であるジョン・ワーズワース (John Wordsworth) からの手紙を受け取ったが、その手紙は問題の「結語」の内容についてペイターを難じ、カレッジ内で行なわれる神学試験の担当を外れるよう要求するものだった。匿名の雑誌記事ならいざ知らず、公然と著者名を明かした上でこのような反宗教的かつ反道徳的な文章を発表するのはブレイズノーズ・カレッジの看板に泥を塗ることになるというのである (Evans, ed., Letter 20 [pp. 19–20])。オクスフォードの主教ジョン・フィールダー・マカーネスの演説については第一章ですでに触れた。(4) ペイターは大学全体の世俗化——それは保守的教会人にとっては道徳的堕落と同義だった——という現象の責任を一身に負わされたと言える。

ペイターに批判的な態度を取ったもうひとつのグループは、大学内主流派の面々である。こちらは宗教的には必ずしも保守派ではなく、むしろ先に触れた保守的教会人たちから大学の堕落の根源とされ目の敵にされたリベラル（広教会（ブロード・チャーチ））派に属する人々で、そのリーダーの立場にあったのが、かつてのペイターの指導者で今はベイリオル・カレッジの学寮長の職にあるベンジャミン・ジャウエットだった。ジャウエットは、『ルネサンス』の内容よりはむしろ、学内におけるペイターがらみのスキャンダル——自分のお膝元であるベイリオルの学生とペイターとの同性愛事件——をきっかけに、大学の人事上の処遇に関してペイターに冷や飯を食わせるなどの嫌がらせをしたと一般に信じられている。[5] このスキャンダルの詳細な真実は、おそらく当事者であるジャウエットやペイターにも正確には把握できていなかったに違いないが、とにかくこの事件によってかつての師弟の間にぎくしゃくした関係が発生したことは間違いないだろう。ジャウエットが学内への影響力抜群の地位にあっただけに、この関係はペイターを大変居心地の悪い立場に追い込んだことと推察される。

こうして一八七〇年代中頃のペイターは、「四面楚歌」とは言えないまでも、二方向の権威筋から睨まれる「二面楚歌」の状態にあった。いわゆる「針の筵（むしろ）」の状態である。その状況の中で、彼が晩年のエウリピデスと同じく「世間との和解」('peace with men') を求める心境にあったことは想像に難くない。

そのために彼は、学内においては基本的に（第一章で見たラケダイモンの若者やエメラルド・アスウォートと同じく）従順（'submission'）の戦略を採った。[6] ブレイズノーズの学生指導担当者（テュートリアル・フェロー）として、また、カレッジの垣根を越えた合同講義（combined lectures）の講師（レクチャラー）として、オクスフォードの古典教育体制の中で少なくとも良心的に見える貢献をしようとしたのである。それは具体的に言えば、古典人文学カリキュラムに関してジャウエットの号令のもと強力に推し進められていたプラトン重視の方針に従って、『国家』（*The Republic*）についての講義のノルマを着実にこなすことだった。一九八八年の論文に発表されたウィリアム・シューター（William F. Shuter）の調査を見ると、それまで雑多な題目について講義していたペイターが一八七五年以後、急に『国家』を集中的に取り上げるようになったことがわかる。その講義の多くが（シューターによると）各巻のテクストのパラフレーズと英訳に注釈を絡める体のもので、[7] これは基本的に古典テクストの精密な読解に重きを置く古典人文学学位試験の出題傾向と一致する内容であり、明らかに試験準備を目的の一つとした授業であったことが推測される。[8] もちろん、大学当局との関係において彼は必ずしも無条件降伏したわけではなく、後年『プラトンとプラトン哲学』を単行本として出版した際には毅然として学内主流派の試験偏重の考え方に批判的な態度を見せることになる（第一章二七―二八頁を見よ）。とはいえ、袋叩きに遭って身の危険を感じた一八七五年以後ペイターは、たとえどれほど現行の試験制度に不満をもっていたとしても、オクスフォード大学に所属する教員として大学の教育方針に忠実に沿う働きをすることで、少なくとも表面上は大学当局に恭順の意を表したのだった。下手（したて）に出て世間との折り合いをつけようとしたエウリピデスについて彼が差し挟んだ「卑屈という形容は必ずしも当たらない」とか「［エウリピデスが］偽善的であったり皮肉を弄したりしているわけではない」という挿入句 (*Classical Studies*, p. 155) は、エウリピデスのためというよりはむしろ、処世上の理由で大学の方針に従うことを選んだ自分自身のためのいささか弁解がましい但し書きであるように思われてならない。それはかつて、ローマの高位聖職者に取り入るためにカトリックに転会（改宗）したヴィンケルマン (Johann Joachim Winckelmann) の不誠実さを「［倫理的にはいざ知らず］藝術批評の最高法廷では……無罪放免となるだろう」と弁護して、自らの唯美主義的信条への攻撃に予防線を張ったのと同様の自己言及だろう。[9]

その一方で、ペイターには教会当局に向けて自分の立場がオーソドックスなキリスト教と相容れないものではないことを示す、いわば自己弁護のための論理を展開する必要があった。そのためには、ジャウエットを満足させるのとは違った戦略――いやむしろ、ジャウエット路線の修正を伴うような戦略――が必要だった。ジャウエットを含む、ペイターより一世代上のオクスフォードのリベラル派の学問的な立脚点は、大胆に概括すれば、広教会（ブロード・チャーチ）路線の基盤をなす自由主義神学とニーブール (Barthold Georg Niebuhr) の古代史観と言えるだろう。徹底的な文献批判の方法に基づいたニーブールの主知主義的な古代史観は、十九世紀前半から中頃にかけて、オクスフォード古典人文学試験に合格するための必須の学習項目だった。[10] ペイターはこの前提をあからさまに否定することは避けながら、そこに新しい世代ならではの理論的な修正を加えて「精製し透明化する」という課題に直面したのである。かつて宗教的懐疑に傾いた過激な発言のために世間の不興を買ったエウリピデスが、神話生成のプロセスに理論的・合理的な説明(sophistication)を加えることによって通俗宗教と自らの知的な信念との折り合いをつけようとしたように、『ルネサンス』の「結語」での過激な発言で〈常識〉派を敵に回したペイターは、宗教の発生プロセスを「持ち前の言葉の才(his genius for words)をもって、慈しむように彫琢をこらし」て、より精緻に理論化する——言い換えれば、通俗宗教の迷信的部分を合理的な言葉で「解釈」('interpret')(*Classical Studies*, p. 157) してみせる——ことにより〈宗教信仰とは何か〉についての自らの考え方を明らかにして、彼らを懐柔し、彼らとの望まぬ対立を回避しようとした。[11] 学内向けに従順を装ったのとは違って、インマンが言うように、この「和解のムード」は単なる処世術によるものではない。[12] 自らに課したこの任務は、「言葉の才」というフレーズから想起されるかも知れぬ〈修辞の巧妙さ〉のみをもってしては果たしえないものだった。ペイターがプラトンの知的資質を語る際に類似のフレーズを遣っていることはひとつのヒントになる。

［プラトン］は可視世界に接する際の生来の敏感さに加えて言葉の才 (the gift of words) にも恵まれているので、心の眼をもってしか決して見えないもの――後天的に身につけた禁欲主義の立場からすれば感覚的世界よりも上位に置くべき、また時には（融通の利かない二元論の観点から）感覚的世界の対立物と見做すべきもの――をまるで眼前に見えるかのように表現できる。(*Plato and Platonism*, p. 143)

ここでペイターがいう「言葉の才」とは、単に文飾を弄して黒を白と言いくるめる技巧ではなく、物ごとの表面を見通して深い〈見えざる真実〉を言いあらわす能力を意味している。エウリピデスが直面していた（とペイターが見ている）――そして彼自身が確かに直面していた――通俗宗教と合理的知性の仲裁という課題も、プラトンのそれに劣らぬほど難しい離れ業を要する難題だったと考えるべきだろう。それを解決するための「理論的修正」や「解釈」を施すために彼は、オクスフォードで古典人文学 (Literae Humaniores) の名のもとに制度化されていた古典研究の枠組みから脱却し、古代文化に対する新しいアプローチを模索しなければならなかった。

古代研究の新機軸

十九世紀初頭に制度化されて以来ながらくオクスフォードの古典人文学教育は、学位試験の性質上、課題書として与えられた何冊かの書物を消化し、「信頼できる導き手」('safe guides')として従順に学習することを学生に要求してきた。[13] その状況の変化に立ち会うことになるのがペイターの世代である。クリストファー・ストレイ(Christopher Stray)は、一八七〇年以後の半世紀間のイギリス古典学界の動きを概括して、「テクスト中心に結束して不変の人文主義的価値を確認しようとする態度から、文献テクストの範囲に収まらない古典世界をより客観的に探究する態度へ」の動き、と表現している。[14] まさにこの変化の始まりの位置に立って、古典学をテクストの枷から解き放って新方向に転回させるための道具としてペイターが利用したのは、比較言語学、比較宗教学、人類学、考古学など、当時の大学(特にオクスフォード)の古典学から頑強に排除されていた、発見的・批判的科学の態度を必要とするアプローチだった。[15] これら新アプローチを排除することに誰よりも熱心だったのが、ほかならぬジャウエットである。ルイス・ファーネル(Lewis R. Farnell)が回想するところによると、「オクスフォードにあらわれ始めた古典考古学の萌芽を見て「ジャウエット」は侮蔑と嫌悪の念を抱いた。ヴィクトリア時代初期の多くの人々と同じく、彼も、学識とは書物によってのみ獲得しうるものと思っていたからである。[16]」ケンブリッジでは一八八〇年代初頭にようやく古典学位試験 (Tripos) に考古学が専門選択科目として導入されたが、ジャウエットの影響が残るオクスフォードでは学生指導担当者たち(テュートリアル・フェロー)の頑強な抵抗によって考古学の学部カリキュラムへの導入はさらに遅れた。[17] 一八八七年から一九二五年までリンカン古典考古学・美術教授を務めたパーシー・ガードナー (Percy Gardner) は、オクスフォードのカリキュラムの保守性を批判した一九〇三年の著書の中で、古典考古学を学位試験の試験科目に加える提案が三度(一八九〇年、一八九九年、一九〇〇年)古典人文学試験委員会に提出され、三度とも否決されたことを報告している。[18]

『ギリシア研究』が単行本として出版された際にその書評を書いた批評家たちは、概してこれらの分野についてのペイターの知識とその利用の仕方をさほど高く評価していない。特に自身が人類学者であることを自負していたアンドルー・ラング (Andrew Lang) や、考古学者であったラムジー (W. M. Ramsay) は、その道のプロの立場からペイターの神話論の不足点をあげつらった。[19] たしかに、もともと古典学育ちの哲学教師であり藝術批評家であったペイターが単行本出版より二十年近くも前に書いた文章が、一八九〇年代のプロの学者を満足させる水準に達していたはずはない。しかし、少なくとも、彼がこれらの新しいアプローチを可能な限り有効に利用しようとしていたことは間違いないだろう。[20] 彼に「デメテルとペルセポネの神話」を書かせたひとつのインスピレーションは、考古学者ニュートン (Charles Thomas Newton) によるクニドスの遺

跡発掘だった (*Classical Studies*, pp. 59, 84–90)。「ディオニュソス研究」からは、彼が比較宗教学という学問の存在を少なくとも知ってはいたことがわかるし、シューターが細かく検証しているように、一八七一年に出たばかりの人類学者タイラー (Edward Burnett Tylor) の『原始文化』(*Primitive Culture*) から「サバイバル（残存風習）」('survivals') の観念をはじめいくつかの着想を借用して、かなり不正確な形とはいえ、利用している。[21] これら新興学問が大学で教育の材料としても研究分野としても定着していなかった時期に、彼は積極的に反応した。[22] それを勘案すると、ステファノー・エヴァンジェリスタ (Stefano Evangelista) が言うように、一八七〇年代の時点でペイターの神話論が新しい科学の摂取という点で時代よりも先行していたことは否定できないだろう。[23]

こうした「科学的」アプローチを援用してペイターが明るみに出したのは、ギリシア宗教の中の原始性、非理性、暗さ、おぞましさという要素である。デメテルの神話で言えば、娘ペルセポネが陵辱され奪われたことによる悲しみのあまり黒い衣を着たデメテルの姿に如実に表れる、ギリシア宗教の「グロテスクでギリシアのイメージに似つかわしくない、藝術による美化作用の及ばぬ醜悪な面」(p. 83) であり、ディオニュソス神話で言えば、ディオニュソス・ザグレウスの姿——「自らの猛烈な飢えと渇きに苛まれるあまり、狂気に駆られて普段の姿をかなぐり捨て、すさまじい音声（おんじょう）を発しながらトラキアの高地にある農場に出没する人間の敵」(p. 109) ——や、人を八つ裂きにするバッコスの信女の姿 (pp. 109, 165) にこの要素は集約的にあらわれている。ギリシア神話中のこうした要素の存在を指摘することは、ヴィクトリア朝中期のイギリスの思想界で幅を利かせていた様々な常識的観念に図らずも異議を申し立てることになった。

第一に、これはヴィンケルマンに始まるドイツ・ヘレニズムに発し、その後ヴィクトリア朝イギリスにおける正統的なヘレニズムに受け継がれた、明朗そのもののギリシア人および神々のイメージからの逸脱に他ならない。ペイターのヴィンケルマン論の数年前に公にされたアーノルド (Matthew Arnold) の「異教と中世の宗教感情」('Pagan and Mediaeval Religious Sentiment') はこの正統的ギリシア観の代表的な表現だったが、その中でアーノルドはギリシアの詩やゲーテ (Johann Wolfgang von Goethe) の小説に描かれるギリシア人を「決して深刻になりそうにない、決して病んだり悲しんだりしそうにない人々」と特徴づけた。[24] それに対してペイターは、アーノルドの「病んだり悲しんだり」というフレーズを引用しつつ、そのような観念がギリシア人の心性の一面しか見ずにつくられた偏見であることを指摘し、実はデメテルとペルセポネの神話は「悲哀と憂いに満ち、不安に慄(わなな)く人々が、自らの心情を託するために生み出した伝説」(pp. 196–97) だと言うのである。[25] ギリシアの宗教に非理性的な陰の部分や苦しみの要素が存在していたこと、そしてそれにあえて目をつぶったヴィンケルマンのギリシア像が不完全なものだったことに、ペイターはニーチェ (Friedrich Wilhelm Nietzsche) が『悲劇の誕生』(*Die Geburt der Tragödie aus dem Geiste der Musik*) を発表するより五年も早い一八六七年に「ヴィンケルマン」('Winckelmann') を書く時点で直観的に気づいていた。

限りなく美しいけれども現実感も色彩もないフォルムの世界に生きたヴィンケルマンは、繊細で鋭敏だがどことなく異様な近代の藝術を、ほとんど理解できなかっただろう。……いや、ギリシア人の理想の範囲内にさえ、ロマン主義に向かう傾向の萌芽らしきものが認められるのだ。が、ヴィンケルマンにはそれが見えなかった。(26)

ギリシアの宗教や藝術に見られるこの陰の部分をペイターは「ロマン主義の精神」('the Romantic spirit') と呼び、ちょうど神話論と同じ時期である一八七六年に書いた「ロマン主義」('Romanticism') と題するエッセイの中で詳説することになる。しかし、「ヴィンケルマン」におけるペイターは、ヘルマン (Karl Friedrich Hermann) やオトフリート・ミュラー (Karl Otfried Müller)、プレラー (Ludwig Preller) のようなドイツの古典学者や考古学者の著作を利用した(27)にもかかわらず、ギリシア宗教や藝術の暗い要素を説明するにあたって「普遍的な異教感情」('a universal pagan sentiment') (*The Renaissance*, p. 160) のような曖昧な用語による雑駁な議論の域を出ることはなく、藝術以前の土俗的宗教の段階にまで遡ってこれを詳細に論ずることをしていなかった。一八七〇年代中葉に神話を論ずるにあたってようやく、彼はその漠然たる予感を具体的事例をもって説明する機会を得たわけである。

第二に、ギリシア宗教の根底にある理性に悖る要素を掘り出して暴露することは、ヴィクトリア朝思想におけるもうひとつのオーソドクシーであったベンサム派の功利主義に基づく合理主義的なギリシア観にも逆行する。ベンサム主義と進歩史観の立場から古代ギリシアの歴史を見直した代表的な歴史家であるジョージ・グロート (George Grote) は、大著『ギリシア史』(*A History of Greece*, 12 vols.) の第一巻（一八四六）で、神話の発生過程と現代におけるその受け取り方について論じた。彼は、ディオニュソスおよびデメテルの宗教に含まれる非理性的で破壊的な要素をあくまでもエジプトや小アジア、トラキアからの外来の影響に由来するものと断定し、本来のギリシア精神を「温和」('genial') で「快活」('jovial') なものと特徴づけることによって、これら土俗的な神々の信仰の中にも、のちのアテナイの民主政さらには近代西洋文明につながる理性上位主義のあらわれを見出そうとしている。グロートによれば、ディオニュソス信仰の祭礼が外来の影響によって「汚され」('adulterated')、「狂暴化し忘我の度を増していった」にもかかわらず、アテナイの女たちはこの狂乱の行事を行なわず、「度を越した行動や見苦しい様を見せなかった」。[28]

このようにあくまでもアテナイ市民および純然たるギリシア人の合理性と近代性を強調するグロートの記述とペイターの議論を比較してみると、両者のギリシア観の違いが鮮明に浮かび上がってくる。ペイターは、「今どきの民族学者や比較言語学者」(p. 105) の推論を援用しながら、この宗教がフリギアからトラキアを経てボイオティアさらにはアッティカに伝えられた経緯をたどり、アテナイに伝播したディオニュソス信仰が都会化され洗練されたことを認めながらも、ディオニュソスがこの都市で「神がかり」(ʻenthusiasmʼ) という神秘的性質と、苦闘する英雄のような「悲哀」(ʻsorrowʼ) の感情を身につけたのだと言う。そして、ディオニュソス・ザグレウスの姿に明瞭にあらわれるこの神の暗い面がギリシア宗教の中にもともと——「まぎれもなく太古から伝えられた要素として、ディオニュソス神という観念を生み出した原初的動機と矛盾することなく」(p. 43) ——存在していたと言うのだ。

第三に、ペイターがギリシア宗教の中に見出した狂気じみた性質は、オクスフォードの「従順」な古典教師としての彼自身の仕事の成果である『プラトンとプラトン哲学』の中で、彼自身がプラトンに見いだすことになるものとは正反対の要素である。プラトンの理想的共和国における望ましい宗教のモデルであるラケダイモンの宗教を、ペイターは楽観主義に満ちた「正気の宗教」(ʻa religion of sanityʼ) と呼び、それに従う者の精神に「晴れやかな真昼の光のような」明るさを植え付けるのだと言う。(29) それに対して、彼が神話論の中でギリシア宗教に見出したのは、このきわめてアポロン的（ドーリス的）な宗教のまさに対極にある、狂気と悲嘆に満ちた宗教だった。ギリシア宗教の中にそうしたネガティヴな要素が存在することを裏づけるためにペイターが頼りにしたのが、人類学や考古学といった新興科学だったのである。

こうして新しい視点を手に入れたペイターのギリシア神話論は、前の世代の歴史家や文学史家の神話論と、問いの設定のしかたからしてまったく違ったものになった。一八四〇年代に神話論を語ったグロートの最重要課題は神話の根源を史実に求める理論 (euhemerism) を否定することであり、『ギリシア史』第一巻の中で彼は躍起になって執拗に神話史実説批判を繰り返している。それに対して、新しい「科学的」アプローチの洗礼を受けて一八五〇年以降に神話の分析に取り組んだ学者たち——その中には比較言語学の洞察を神話学や宗教学にまで拡張したフリードリッヒ・マックス・ミュラー (Friedrich Max Müller) も含まれる——の多くにとって、これはすでに解決済みの問題になっていた。例えばタイラーは、『原始文化』の第八章で神話の発生を論じる中で次のように書き、神話史実説への反動が強すぎることにむしろ警鐘を鳴らしているほどである。「[神話を史実に還元しようとするやり方は] 近年すっかり流行らなくなってしまった。お偉い神話学者たちがあまりにも邪慳に扱ってきたので、世の中全体がこの説を馬鹿にするようになったのだ」。[30] 新しい世代の学者たちは神話と史実の関係に最初から興味をもたず、議論の対象にすることもなかった。彼らは、神話の起源を歴史的事実ではなく、畏怖や驚嘆や不可解の念を起こさせる自然現象と関連づける考えを大なり小なり共有していたのだ。ペイターも、ディオニュソス信仰に原始的樹木崇拝の一形態を見る比較宗教学者の洞察に同調し、「自分たちが丹精して育てている葡萄の木の生命力に驚異の念を抱いた」原始民族が「実証科学による認識にこだわらないヴィジョンの世界」の中でこの神話を生み出したのだと説明する (*Classical Studies*, pp. 92, 100)。

こうした世代間の問題意識の違いを端的にあらわす指標は、原始的心性（メンタリティ）をもって神話を作り信じた太古の人々の類似物 (analogue) として持ち出す近代作家の選択である。グロートは、神話が正真正銘の事実を含んでいないことを説明するために、神話を、いかにもありそうな出来事を創作して事実に見せかけたジャーナリスト的作家ダニエル・デフォー (Daniel Defoe) の小説になぞらえた (1:575)。対するにマックス・ミュラーやタイラー、そしてペイターは異口同音に、神話を生み出した初期の人類の感受性と、ワーズワース (William Wordsworth) やシェリー (Percy Bysshe Shelley) をはじめとするイギリス・ロマン主義詩人たちの感受性との類似を指摘するのだ。[31] それは、ペイターに言わせれば、神話の根底にある科学以前の世界観と、大地や空に内在する人格的かつ霊的な存在を直観的に知覚する能力を、神話時代の人間とロマン主義詩人は共有しているからなのだという (*Classical Studies*, pp. 66–67)。

以上に見たように、ペイターは、ヴィクトリア時代の多数派の人々が思い描いていた明るく理性的なギリシア像の陰に隠れたギリシア宗教の古層を発掘して露わにし、しかもその古層がかなり遅い時期まで宗教の表層に影響を与えていたことを示すために、[32] 人類学や比較神話学的アプローチを積極的に利用した。しかし、ペイターの神話論の最終目的は、人類学者や比較神話学者と一緒になってギリシア宗教の非文明的な面を暴露することだけにあったのではない。

彼の神話論の肝となるのは、デメテルの神話が、他の神話――一八九五年版のテクストでは「すべてのギリシア神話」となっている――と同様、三段階のプロセスを通って発展していったというテーゼ（*Classical Studies*, pp. 64–65）である。神話は第一段階において、自然界の現象に対する本能的で十分には意識されない「神秘的直感」に基づく（'mystical'）原始的感情による反応として発生し、文字化以前の口承の形で伝達される。次に第二段階で神話は意識的な文学の管理下に移り、詩人が意図をもって人間的感情に訴えるべく細部を形成していく。そしてついに第三の段階に入ると、神話は「倫理的」（'ethical'）な観念をあらわすものとなり、人物や出来事は倫理的意味を伝達するシンボルとなる。この段階における神話の主たるミディアムは彫刻である。このようにペイターは、抽象理論を嫌う普段の彼に似合わず、ギリシア神話全般をこの図式によって裁断しようとするのだ。

ペイターは、おもにドイツの学者たちの所説に依拠して彼の神話「理論」の中核をなすテーゼを導き出した。[33]が、直接の影響源を見つけることよりも重要なのは、この図式を十九世紀の思想全般の文脈の中に置いて、他の理論家や思想家との一致と相違を明らかにすることだろう。ペイターも人類学者たちも進化論の世紀に生きる人間であり、あらゆるものを発展のプロセスとして見る習性の持ち主だった。三段階から成る発展の図式は、進歩の観念にとりつかれた十九世紀人が文化的事象を語る際の常套手段だったと言って差し支えない。例えばオーギュスト・コント(Auguste Comte)は、宗教、形而上学、そして実証科学という三つの段階を経て社会が進歩するという有名な理論を打ち出した。エルネスト・ルナン(Joseph Ernest Renan)は『科学の未来』(*L'Avenir de la science, pensées de 1848*)の中で混交、分解、総合という歴史発展の三段階を想定した。このような、段階を経て進歩発展する文化という観念は、イギリスの人類学者であるタイラーやフレイザーにも共有されている。[34] 神話についてのペイターの理論はこの十九世紀的な思考パターンを彼らと共有していると、ひとまずは言うことができるだろう。

しかし、人類学者たちをはじめとする十九世紀の近代主義の思想家たちが段階的発展の図式をひねり出した動機と、ペイターがそれを踏襲して柄にもなく抽象理論を弄した動機との間には、意味深い差異があったように思われる。近代主義者たちの理論は、全体の趣旨としては、迷妄に満ちた過去を否定して理性と科学的認識を拡張させた近代文明を肯定することを目的としていた。例えばマックス・ミュラーにとって、ギリシア神話の物語は「ばかばかしく非合理」で、その神話によって伝えられるギリシアの多神教は粗野で不道徳きわまるものと思われた。[35] タイラーも「残存風習」を研究することの意義を、合理的思考によって迷信的思考を排除することにある、と表現している。

実際、残存の原理を研究することには小さからぬ実用的意義がある。というのは、我々が迷信と呼ぶもののほとんどは残存風習の一部なのであり、その意味で、残存の天敵である合理的説明という武器により攻め落とせるものだからだ。(*Primitive Culture*, 1:17)[36]

それに対し、ペイターの発展理論は、神話の中にある原始の名残りを「攻め落とす」べき敵と見做すよりはむしろ、そうした要素が文明化された近代社会の中にも確かに残っていることを再認識するためのものであり、それが近代人の精神の活力源にもなるだろうという期待を含んでいるのだ。[37] 神話研究の諸篇とともに『ギリシア研究』に収録された〈架空の肖像〉「隠されたヒッポリュトス」（一八八九年に発表）にも、近代化以前の土俗的宗教文化へのペイターの愛着が濃厚にあらわれている。ここで彼は、アテナイを中心とするアッティカの中央集権体制を確立した「近代精神」の権化であるテーセウス (Theseus) を正当化するどころか、前時代からの残存物を無差別に破壊し、「不当行為により勝利を得た進歩の体現者」と否定的に評価している (Pater, *Imaginary Portraits*, p. 161)。

ギリシア宗教の古層と（より洗練された宗教である）キリスト教の連続性についてもペイターの見解は明瞭だ。「ディオニュソス研究」の中で、ディオニュソス神はタイポロジーの用語を使って「再生の予型」('a type of second birth') と呼ばれ、復活するキリストとまったく同じではないにしても、「洗練された精神をもつ一定数の人々」に「自然の復活と（未だ実現してはいないけれども）人間たちの魂のために予定されている何か別の出来事の間に類似関係があるのではないかという希望を抱かせる」ものであり、「受難による精錬、純化、最終的な勝利の象徴あるいは理想」と意味づけられている (pp. 110–11)。「デメテルとペルセポネの神話」におけるペイターの説明でも、神話の第一段階に属するデメテルつまり怪物まがいの姿をした暗い洞窟の女神として表象され、大地の豊かさについての原始的な直観を伝えるデメテル (pp. 69–70) ――は、神話の第二段階で悲しむ母親として人間的な姿を呈し、[38] 第三段階に至るといよいよ「悲しみの聖母」('*mater dolorosa*') (pp. 73–74, 86) となってキリスト教の一歩手前の地点まで到達する。「隠されたヒッポリュトス」でも、古くスキタイにおいて「残忍な顔つき」をした武張った女神であったアルテミスが、アッティカの村落に定着してからはデメテルの娘と見做されるようになり、「永遠の純潔」を保ちながら「大母神」の役割も果たす慈しみ深い「処女母」('the virgin mother') と呼ばれて、聖母に近い存在へと変化したと説明されている (*Imaginary Portraits*, pp. 164–65)。この発展のプロセスは、進歩思想家や人類学者が想定するような、順次あらわれる新しい段階が過去を凌駕していくプロセスというよりは、逐次的な継承と積み重ねのプロセスとしてイメージされているのだ。ペイターにとって、一つの時代はその前後の時代と区別されるものでありながら、パリンプセスト的に前の時代を踏まえているだけでなく、後の時代をも可能態として包含する。[39]「デメテルとペルセポネの神話」の結びの一文には、近代人の精神に訴えかける神話および原始的宗教の力へのこうした肯定的評価がはっきりとあらわれている。

結論として言うならば、デメテルとペルセポネの神話が例証するのは、純粋な観念の宗教としてのギリシア宗教の力である。史実とは無関係であるにもかかわらず、人間の精神から自然に生じ、人間の肉体的・精神的な生に関するきわめて深い思考内容を十全なシンボルのうちに具現化しているがゆえに、幾多の変遷を経てなお人心をとらえ続け、これら観念を認知された永続的な居住者として受け容れた近代人を今も厳粛な気持ちにさせる力を失わぬ観念――こうした観念がギリシアの宗教を形成しているのだ。これら観念は、最初の信者である初期の純朴な民族がこの世から消え去って長い年月が過ぎた今となっても我々の情操を高め純化し続けているという点で、ギリシアの宗教詩全般さらにはあらゆる文化圏の宗教詩に含まれる連想、観念、心象が我々の精神文化の中に正当かつ許容可能な位置を占めていることを示すよすがとなりうるのである。(p. 90)

初期の神話に関する神話学者や人類学者の関心は、基本的に、神話という迷妄がどのように未開人の精神を支配し、文明の正しい進歩を妨げるに至ったのかという一点にあった。対するにペイターの関心は、それと同等かあるいはそれ以上に、神話の潜在力（ポテンシャル）、すなわちそれが何を生み出しうるのかという点にあると言えるだろう。「デメテルとペルセポネの神話」第一部の結末で彼が比較神話学と人類学の成果に触れ、それらが神話の最も古い起源について貴重な洞察を提供してくれることを認めながらも、これら科学の有効性についてひとこと留保条件をつけざるを得ないのは、このような目的の違いがあるからだ。

> ただし、［比較神話学やアニミズムの］理論を適用するにあたってギリシア宗教の研究者が決して忘れてはならぬことがある。それは、つまるところ、取り組むべき対象は体系化された神学的信条やドグマではなく、詩なのだということ。デメテルとペルセポネの物語で言えば、我々の手にあるのは現に目の前にあるいくつかの詩の断片であり、いくつかの彫刻の現物である。そして、これら現物の藝術的な美を直接見て取って「よし」と思った時に初めて、我々は研究心をそそられて手探りで時を遡り、近代的理論の精密な手順のおかげで日の目を見たこの詩人民族の魅力的な姿にたどり着くのだ。(pp. 72–73)

このように、ペイターのギリシア神話論は、ギリシアの宗教や文化に関する旧世代の既成概念を覆す体のものである一方で、同時代の思想地図の中で新たに勢力を拡大しつつあった進歩主義や近代主義の傾向からも逸脱するものとなった。

市民講座とニュー・メディア

次に、こうした独特の神話理論を公表するのにペイターが選んだ場と媒体に注目してみよう。冒頭に示したように、「デメテルとペルセポネの神話」はもともとバーミンガム・アンド・ミドランド・インスティテュートという科学技術教育を主眼とする成人向け教育機関で行なった講義だった。この教育機関の創設と運営を担ったのは、ユニテリアンのアーサー・ライランド (Arthur Ryland)、バプティストの説教師ジョージ・ドーソン (George Dawson)、そしてバプティスト派聖職者の息子で建築家のジョン・ヘンリー・チェインバレン (John Henry Chamberlain) など、バーミンガムの非国教徒人脈の要となる面々である。一八五四年に創立されたこの学校は、主に労働階級向けに理科系の科目を開講する「産業関連部門」(Industrial Department) と、主にミドル・クラスのための「一般教養部門」(General Department) という二つのレベルのクラスをもっていた。いずれの部門も大学教育とは無縁の市民を対象としており、ペイターの「デメテルとペルセポネの神話」は一般教養部門の講義として行なわれた。右に名前を挙げたチェインバレンは、当時このインスティテュートの評議員を務め、ペイターをはじめとする大学の学者や著名な知識人を講師として招くのに尽力した人物だが、彼は、「本校は……多くの著名な人士に、自分の講義室や教室という密室から飛び出し、バーミンガムで一般社会人という一見の聴衆に向けて語るよう取り計らってきた」と言っている。[40] プラトンについてのペイターの講義が主としてオクスフォード大学の内側に向かって語りかけられたものだったのに対して、同じ時期に書かれ語られた彼のギリシア神話論は、知的好奇心に満ちたミドル・クラス市民たちという、大学外の広い世界に向けられたものだったわけである。

彼の神話論四篇のうち三篇が掲載されたのが『フォートナイトリー・リヴュー』だったという事実は、一つはヴィクトリア朝中期における定期刊行物をめぐる状況との関係で、もうひとつはペイターを取り巻く人脈との関係で、考慮すべき重要な材料を与えてくれる。

それを考えるために、まずは当時の出版界における『フォートナイトリー・リヴュー』の位置について大まかに確認しておきたい。[41] 十九世紀英国の定期刊行物出版は、世紀初めに創刊された三つの季刊書評誌――『エディンバラ・リヴュー』(*The Edinburgh Review*)、『クォータリー・リヴュー』(*The Quarterly Review*) と『ウェストミンスター・リヴュー』(*The Westminster Review*) ――をもって起点とする。これらはいずれも年四回発行の季刊誌で、それぞれホイッグ、トーリー、ラディカルという三つの政治勢力と結びつき、各記事が新刊書に対する書評という形式をとっている点で同質性があった。これら書評誌の最も重要な特徴は、記事が無署名 (anonymous) であったことで、政治的党派との結びつきとも相まって、無署名の記事特有の激しい攻撃的な調子や独断調の文章が頻繁に見られた。これら書評誌は世紀前半に思想界を牽引する役目を果たしたが、世紀の中頃にはこれら「オールド・メディア」と呼ばれる年四回の書評誌では対応しきれない知的な需要が出てくる。そうした需要を満たすべくあらわれた主要な新しい定期刊行物が、一八五九年に創刊された『マクミランズ・マガジン』(*Macmillan's Magazine*) と一八六〇年創刊の『コーンヒル・マガジン』(*Cornhill Magazine*) という二つの月刊誌、そして一八六五年に創刊された『フォートナイトリー・リヴュー』、一八六六年の『コンテンポラリー・リヴュー』(*Contemporary Review*) だった。『フォートナイトリー』は、タイトルに「リヴュー」を謳っていたが、旧世代の三大書評誌とは一線を画する編集方針を掲げていた。発行回数は、誌名からわかるように、最初は二週間に一度だったが、まもなく (おそらく財政的な理由から) 月刊になる。また、多数の読者を獲得するため、『マクミランズ』や『コーンヒル』と同様に連載小説を売り物にする方針をとった。読者層は書評誌よりもかなり広く設定され、知的なことに関心をもつミドル・クラスの幅広い一般人を想定していた。創刊に関わった顔ぶれ——トロロープ (Anthony Trollope)、フレデリック・ハリソン (Frederic Harrison)、ジョージ・ヘンリー・ルイス (George Henry Lewes) ——を見れば一目瞭然であるように、思想的にはリベラルという基本線に沿っていたが、既存の政党や政治勢力と密着することを避け、いかなる立場を取る人であろうと個人としての書き手を許容する「開放的」(open)なメディアたることを謳い、特に初代編集長ルイスのもとではこの原則をかなり忠実に守っていた。もうひとつ、オールド・メディアと一線を画する『フォートナイトリー』の重要な原則が、記事を執筆者の署名入りで、個人の責任において掲載するという方針である。あらゆる分野において時代の動きがスピードを増していく状況の中で、『フォートナイトリー』は旧来のメディアと自らを意識的に差別化する方針をもって、満を持して登場したと言っても差し支えない。

ペイター自身は一八六〇年代、つまり定期刊行物への寄稿を始めた最初の時期に、「コウルリッジの著作」('Coleridge's Writings')と「ヴィンケルマン」、そして「ウィリアム・モリスの詩」('Poems by William Morris')という三篇のエッセイを三大書評誌のひとつである『ウェストミンスター・リヴュー』に寄稿したが、一八六九年十一月にレオナルド・ダ・ヴィンチについてのエッセイが『フォートナイトリー』に掲載されたのに引き続いて、『ルネサンス』や『鑑賞批評集(アプリシエーションズ)』(*Appreciations*)に収録されることになる数篇のエッセイを次々とこの雑誌に発表する。そして、一八七六年のデメテル神話とディオニュソス神話についてのエッセイ三篇を経て一八八〇年の「ギリシア彫刻の揺籃期」('The Beginnings of Greek Sculpture')と「アイギナの大理石彫刻」('The Marbles of Aegina')に至るまでの十数年間、『フォートナイトリー』はいわばペイターの執筆活動の主戦場となった。ところが、一八八一年以降、彼の主たる寄稿先は『マクミランズ』に移り、一八八八年まで『フォートナイトリー』への寄稿は途絶えてしまう。「コウルリッジ」と「ヴィンケルマン」、「ウィリアム・モリスの詩」で三大書評誌の一角である『ウェストミンスター』とのコネクションを確保したにもかかわらず、ペイターが「レオナルド・ダ・ヴィンチ」('Leonardo da Vinci') 以降のエッセイの寄稿先を『フォートナイトリー』に移したのは、『ウェストミンスター』のプレスティージ以上の利点をそこに求めたからかも知れない。研究者たちが推測するように、その利点が、題目の選択や見解の表明にあたって執筆者個人に与えられる自由の大きさや、署名記事を通して広範囲の読者に名前を売れるという、新進気鋭の著作家の野心をくすぐる事情だったというのは大いにあり得ることだ。(42)

が、ペイターと『フォートナイトリー』とのつながりはもうひとつの面、すなわち人間関係の面においても見ることができる。ペイターが常連寄稿者であった一八六九年から一八八〇年という時期は、自由思想家であり国教会と聖職者組織に激しい敵意を示したジャーナリストであり反体制派の活動家であったジョン・モーリー (John Morley) が二代目編集長としてこの雑誌を預かっていた期間――一八六七年一月から一八八二年十月まで――にきっちり収まっている。ペリオディカル・ライターとしてのペイターを見出し育てたのは、モーリーだと言っても過言ではないだろう。これは単なる推測ではない。モーリー自身、フレデリック・ハリソンに宛てた手紙の中で、ペイターを世に出そうというはっきりした意図をもって彼を起用したことを明かしている。[43]さらに彼は『ルネサンス』初版に対する書評を自ら書いて『フォートナイトリー』に掲載し、パトロン風を吹かせながらこの本をきわめて好意的に評価した。[44]

編集者としてのモーリーについて特筆すべきは、彼が前任者ルイスの方針を大筋で引き継ぎながら、(特に一八七〇年代なかば以降は)前任者以上に自分自身の思想傾向、特に政治面における特定党派との共感関係を誌面に反映させたということだ。[45] 一八八二年に編集長を退任するにあたって十五年の在任期間を回顧した「退任の辞」('Valedictory')の中で彼は、ジャーナリズムが現実政治から独立した存在であることはありえず、自らが率いたこの雑誌も、あらゆる立場に対して開放されていながら「党派の色合いを幾分か」纏っていると自ら認めている。[46] そしてこの雑誌が「新種の急進主義」('a new Radicalism') (p. 344) を世に広めることに貢献したと彼は誇らしげに語り、掲げた政治的目標を当時の「新急進派」のモットーを流用して「労働者解放、土地所有の自由、学校教育無償化、国教廃止」('Free Labour, Free Land, Free Schools, Free Church') (p. 343) と表現している。もともと当時のメディア界の地勢の中でいわば尖った陸標(ランドマーク)だった『フォートナイトリー』を現実の政治活動に引き寄せ、より一層尖らせたのがモーリーだったと言えるだろう。ペイターは、詩における異端者スウィンバーン (Algernon Charles Swinburne) とともに、文学・藝術批評の分野で、既成事実や既存勢力へのこうした挑発や反抗を牽引する役割を果たすべく選ばれたのだった。(47) そうしてみると、ペイターが寄稿先を『ウェストミンスター』から『フォートナイトリー』に変更するにあたっては、彼自身の内発的動機だけでなく、押しの強い戦闘的編集者モーリーの戦略に誘い込まれたという面が少なくとも部分的にはあったと考えるのが自然なのではないだろうか。(48)

さらに遡って考えてみると、そもそもペイターがギリシア神話論を最初にバーミンガムの聴衆に向かって講義する機会を得たことにも、もしかしてモーリーの力が働いていなかっただろうかと推理してみたくなるのである。モーリーは一八七三年七月から、バーミンガムの市長で過激な国教反対者であり、のちに中央政界において「新急進派」のリーダーとなるジョーゼフ・チェインバレン（Joseph Chamberlain）、および彼を通じてバーミンガムの非国教徒人脈に連なる人々と親交を深め——モーリーはチェインバレンと自分の関係を「盟友以上の関係」と表現している(49)——件（くだん）のバーミンガム・アンド・ミドランド・インスティテュートにも講師として、そして一八七六年には名誉校長として、関わりをもつようになる。(50) ペイターが講師として招聘されたのは、モーリーとバーミンガムの関係が最も深かったちょうどこの時期だったのだ。こうした人脈と関係をもつことは、モーリーの雑誌に寄稿すること以上に、ペイターを現実政治の動きに接近させたに違いない。

結び

『ルネサンス』の出版をきっかけとしてオクスフォード大学の中で居心地の悪い立場に追い込まれたペイターは、二つのやり方で事態を打開しようとした。一方で彼は、学内の学生に向けてプラトン哲学を講じ、文献講読による知性の鍛錬と倫理的向上というオクスフォードの古典教育を支えてきた理念に忠実に従って教育活動に邁進することで、自分の属する組織の体制に追従する姿勢を見せた。そのあらわれが、第一章で見た『プラトンとプラトン哲学』の第八章「ラケダイモン」や架空の肖像「エメラルド・アスウォート」にあらわれるような、教育における徹底的な支配と被支配の関係を半ば諦念をもって受け容れる態度、そして、理不尽かつ不合理でさえある従順さ (submission) のメッセージだった。他方でペイターは、学外の広い世界に向けて語ったギリシア神話論で、まったく異なったメッセージを発している。そこで彼が明かしてみせるのは、ギリシアの文化や宗教そのものの中にある克服不可能な闇、恐怖や悲しみの古層、そして手に負えない暴力性という、当時定着していた思想界の常識と真っ向から対立するギリシア像である。比較神話学や人類学、考古学といった古代文化への新しいアプローチの助けを得て行なわれたこの発見は、事実上、大学で制度化されていた文献一辺倒の古典学とジャウエット的な学風からの脱却あるいは背反を意味する。[51] しかも、ペイターのギリシア神話論には、現実政治の場における過激な急進主義と結びつく要素が内在していた。この要素は、中世におけるディオニュソスの化身たる人物を描いた架空の肖像、「ドニ・ローセロワ」('Denys L'Auxerrois')に最も明白にあらわれる。この創作作品の主人公ドニは、本職であるオルガン製作の技量や音楽の才能その他諸々の力とともに、民衆煽動のカリスマ的な能力をもつ人間として描かれている。彼は不思議な力で市民たちを「個人の自由の主張」に駆り立てる。その自由は、当時フランスのあちらこちらで進行していた「古い封建的支配者から市自治体（コミューン）を解放する運動」と気脈を通じるものだったと語り手は語っている。そしてドニ／ディオニュソスによる煽動はついに町の住民を「髪を振り乱して群がる女たち」や「手脚や顔に赤いものがべったりついた若者たち」に変身させてしまう。(52) これは遠い世の神話におけるバッコスの信女へのアリュージョンであると同時に、ケイト・ヘクスト(Kate Hext)が指摘するように(Hext, p. 100)、十九世紀の西洋人がまだ鮮明に記憶している近い過去であるフランス革命における革命派の恐怖政治を想起させるイメージにほかならない。

　大学ではなくバーミンガムの市民講座で講義し、モーリーの雑誌に寄稿するという選択は、既成の制度からの逸脱という点で、ペイターの神話論の内容および彼が利用した人類学的な方法論と同じ方向を向くものだった。しかし、ペイターの選択は必然的に彼を過激で反権力的な非国教徒人脈のネットワークに接触させることになり、アカデミアの保護から彼を遠ざけてしまうリスクをも孕んでいたはずだ。この人脈は、当時のイギリスの人文主義的ヘレニズムの主流派、例えばマシュー・アーノルドに言わせれば、無秩序 (anarchy) という社会状態を助長しかねない勢力にほかならなかった。ペイターが内心においてこの勢力に共感をもっていたのか、それとも彼らのラディカリズムに脅威と危険を感じ取っていたのか、断定することはできない。仮に後者が真相であったなら——進歩主義や近代主義に必ずしも同調しない彼の姿勢（本章六一—六二頁を見よ）を勘案すると、その蓋然性はかなり大きいと考えられるのだが——ペイターは、自分の神話論が「世間との和解」という意図に反する不穏な含蓄を内包していることに気づいて慄然としたのではないだろうか。「ディオニュソス研究」のある箇所に彼はいささか場違いな脚注を付している。古来行なわれていた「田舎のディオニュソス祭」を記述する際に書いた「旅回りの一座は人形を携えてやって来るし、奴隷たちも休みをもらう」という何気ない一文に、ペイターはわざわざこんな断り書きをつけるのだ。「ディオニュソスが秘かに民主制に肩入れしていたのではないかと勘ぐる人たちがいる。実際のところ、彼は大衆の心を自由にしたに過ぎず、彼がエレウテレウス（解放者）だというのも、アッティカで最初に彼を受け入れてくれた小さな町エレウテライを終生忘れることがなかったからというだけのことなのに」(*Classical Studies*, p. 97)。これは、もしかすると自分自身が反体制派への共感者と見做されるのではないかという彼の懸念のあらわれであり、そのように受け取られることを避けるための防御策だったのかも知れない。

過激な自由主義者たちとの接触がペイターに何をもたらしたのかについて、現在我々が利用できる資料から確たる判断を下す根拠は得られない。これまでに出版されたペイターの主要な伝記は、モーリーや政治的・宗教的急進勢力、特に非国教徒人脈とのつながりについて、あまり多くのことを明かしていないのだ。もしこのことについて判断する何らかの材料がどこかにあるか、またはこれから出てくることがあれば大変興味深いことである。いずれにしても、この章で扱った四篇のテクストは、その内容と、発表の媒体と、当時のペイターを取り巻く人間関係の中で彼が直面していた一身上の問題とが緊密に絡み合う場を形成していた。ヴィクトリア朝の知識人にとって、古代ギリシアについて語ることはとりもなおさず、そして否応なく、自分自身を現在の思想地図の中に位置づける作業にならざるを得なかった。このことを我々はペイターの実例から再確認することができるのではないだろうか。

第三章

彫刻は倫理的観念の伝達者たりうるか

一八九五年にシャドウェルの編輯により出版された『ギリシア研究』の後半部を構成するのは、彫刻についての以下のエッセイ四篇である。

「ギリシア彫刻の揺籃期　一、ギリシア美術の英雄時代」('The Beginnings of Greek Sculpture—I. The Heroic Age of Greek Art')。

「ギリシア彫刻の揺籃期　二、偶像の時代」('The Beginnings of Greek Sculpture—II. The Age of Graven Images')。

「アイギナの大理石彫刻」('The Marbles of Aegina')。

「運動競技受賞者の時代——ギリシア美術史の一章」('The Age of Athletic Prizemen: A Chapter in Greek Art')。

この四篇は一気呵成に書かれ、最初の三篇はそれぞれ一八八〇年の二月、三月、四月に『フォートナイトリー・リヴュー』に掲載された。「運動競技受賞者の時代」だけは発表を一八九四年

（『コンテンポラリー・リヴュー』*Contemporary Review* に掲載）まで待たなければならなかったけれども、オクスフォード版ペイター全集の当該巻の編者ポトルスキー(Matthew Potolsky)は、ペイターがすでに一八七八年か七九年のうちにはこのエッセイの執筆に着手していたと推察している。(1)これだけのペースで仕事を進められるということは、取りかかった時点で彼の頭の中に明確なプランができあがっていたことの証拠と言えるだろう。

『ギリシア研究』の諸エッセイに取り組んでいた時期のペイターの文化・政治に関する位置取りについては、これまで両極端とも言える二つの見方が存在してきた。ひとつはリンダ・ダウリングに代表される見解で、この時期のペイターは保守派から睨まれたことなど何のその、『ルネサンス』で表明したラディカルで当時の通俗的キリスト教とは相容れない立場に忠実であり続けたというもの。ペイターは考古学という新興科学の助けを借りて守旧的なオクスフォードの古典人文学イデオロギーに敢然と挑戦し、ギリシア宗教の土俗性と肉体性、感覚主義を強調してそれをキリスト教の対抗物に仕立て上げようとしたのだと彼女は言う。(2)この見方には明らかな難点がある。『ギリシア研究』所収のいくつかのエッセイ（なかんずく「デメテルとペルセポネの神話」や「隠されたヒッポリュトス」）に見られるギリシア宗教とキリスト教の類似性に触れる記述や「アイギナの大理石彫刻」における理性と節制の神であるアポロンの評価と、さらにはペイターの畢生の大作『享楽主義者マリウス』(*Marius the Epicurean: His Sensations and Ideas*) における作者の分身たる主人公マリウスの、キリスト教の（ドグマではなく）倫理性への明らかな共感とどうしても折り合いがつかないからだ。

他方、キーフ (Robert and Janice A. Keefe) はこれとは正反対の見方をする。神話論で一旦ディオニュソスの側についてギリシア宗教の暗部や無秩序に向かう面を強調し、十八世紀以来定着していた明朗そのもののギリシアというお決まりのイメージを破壊したペイターが、彫刻論では急旋回してディオニュソスを格下げし、正気と秩序の神であるアポロンを称揚することによってキリスト教との和解を模索したというのだ。ヴィクトリア時代の多くの知識人にとって、アポロンの宗教とキリスト教は同じ方向を向くものと考えられていた。彫刻論においてペイターが描き出す、アポロン信仰を精神的支柱とするドーリス民族がつくり出したギリシア文明は、「近代の保守的社会の美点を反映」しているとキーフは断定している。[3] しかし、この見方にも難点がある。単なるアポロン（およびキリスト教）と保守主義への接近だとしたら、すでに「ヴィンケルマン」でその限界を指摘していた古いドイツとイギリスのヘレニズムへの逆戻りということになってしまう。『ギリシア研究』の前半をなす神話研究を通じて新しいギリシア像の発見を経験したペイターが、旧式のヘレニズムに回帰して満足することがありうるだろうか。

真相は以上二つの説とは違ったところに求めなければならないだろう。この章では、神話について書くうちに徐々に形をなし、「エウリピデスの『バッコスの信女』」を書いた一八七七―七八年には確たる形をとっていたと考えられるペイターのギリシア彫刻論のプランの真意を探り、『ルネサンス』の「結語」で近代人としての決然たる立場表明をしたペイターが、古代ギリシアの宗教と美術に何を求めたのか、そして彼の目論見がどの程度達成されたのか、あるいは、されなかったのかを考察してみたい。

彫刻論のプラン

「デメテルとペルセポネの神話」でペイターは二つの文脈の中で彫刻に言及している。ひとつはギリシア神話の形成過程の最終段階に特徴的な藝術としてであり、もうひとつは考古学の成果として直接目視することができるようになった古代研究の資料としてである。第一の文脈については第二章（六〇頁）でも触れたが、議論の正確を期すため、ここに当該箇所を引用しておく。

他のギリシア神話と同様、デメテルの物語に三つの異なった影響力の作用を見て取ることができる。それら影響力が、神話発展の連続する三段階においてそれぞれに働き、神話を形成してきたのだ。最初に神秘的直感の段階 (the mystical phase) がある。この段階では、口承伝説の形で口から口へと伝わり、土地が変われば細部が変わるという風な形で、外界の現象についての何らかの原始的な印象が記憶される。次に詩的ないしは文学的な段階が来る。この段階では民衆の想像力が生み出した漠たる形象を詩人が引き取り、純粋な文学的関心をもって扱う。詩人は神話の輪郭を定め、描かれる状況を単純化したり膨らませたりする。第三段階は倫理的段階 (the ethical phase) で、ここでは詩人の語る物語の中の人物や出来事が倫理的あるいは精神的な特性の抽象的シンボルとして——なぜならそれはその特性のきわめて特徴的な実例だから——目に見え触知できる形をとる。……ホメロス讃歌がデメテル神話の文学的（詩的）段階の中心的表現だとすれば、のちほど話題にしなければならない大理石像は、私が倫理的段階と呼んだものの中核をなす現存の実例である。

……［第三段階において］神話はギリシア人の中でもどちらかといえば高尚な人々の所有物となる。ギリシア宗教が衰頽していくさなか、この人々は完全な精神の自由をもってその宗教の中から自分たちの精神を高めるのに役立つ部分を拾い上げ、取捨選択し、修正を加えていく。こうしてギリシア神話は、高邁な精神の持ち主の感受性や直観を理念的かつ知覚可能な形で体現するのに不可欠の要素となる。そして、神話発達のこの最終段階と結びついているのが最高のギリシア彫刻なのだ。彫刻の役割は、その理想を構成する諸部分に可視的で美的な表現を与えることである。[4]

ペイターが彫刻という藝術形態を精神的〈価値〉と結びつけたのは、この時が初めてである。[5] 彫刻を論じたこれ以前の著作、例えば「ヴィンケルマン」では、彫刻が「高尚」とか「高邁」といった言葉と結びつくことはなかった。

「ヴィンケルマン」の中でペイターは、彫刻という藝術の限界を強調していた。彼は『美学』(*Vorlesungen über die Ästhetik*) で展開されたヘーゲル (Georg Wilhelm Friedrich Hegel) の理論におおむね依拠しながら、[6] 歴史を通じて人間精神が段階的に発達していく様と、各発達段階に適合する藝術形態が移り変わる様を語っている。最も初期の段階、精神性が稀薄で人間自身についての思索がおぼろげでしかなかった時代には、実用的必要性に起源をもつ建築が相応の藝術だった。そこには精神が不明瞭で不安定な形でしか表現されない。次の段階、人間の精神が十分に発達し、人間そのものが関心の対象の中心を占めるようになった時代には、もっぱら人体のフォルムを扱う彫刻が代表的な藝術となる。この「人間の形態における精神の發現」は、ヘーゲルに言わせると「美の最高の精華であり、完全な美」である。なぜならそこで「理念とその形態との完全なる適應」つまりいわゆる〈内容〉と〈形式〉の一致が成就するからだ。この状態をヘーゲルは「古典的藝術」と呼び、「藝術の理想」をここに見出している。[7] ペイターもまた、精神が人体の外形と完全に一致したこの状態を「ギリシア的理想」と呼び、それは何よりも彫刻によって表現されるとする。ところが、第三の段階、ヘーゲルが「キリスト教藝術の時代」、ペイターが「近代すなわちロマン主義の時代」と呼ぶ時代になると、純粋なフォルムに専心する藝術である彫刻はこの発達段階にある人間の要請に応えることができなくなると彼は言う。「好んで自らを思索の対象とする意識につきものの、思考と感情の繊細な襞」を事細かに表現するには、絵画、音楽、そして文学こそが適格であり、[8]「古代ギリシアのヒュマニズムに特徴的な単純明瞭 (unperplexed) でくっきりした輪郭線」(*The Renaissance*, p. 184) を描くのに適した藝術である彫刻は、陰翳豊かで内省に向かう近代人の精神の表現には役立たないとペイターは言うのだ。[9]一八六七年にはこのように人類の精神史の中間段階に割り振られていた彫刻が、一八七五年の「デメテルとペルセポネの神話」では神話形成の過程の中で最も洗練の度が高い最終段階へといわば格上げされ、倫理的観念の表現という重い役割を与えられたわけである。ペイターの中で数年の間に起こったこの彫刻の位置づけの変化を我々はどのように理解すればいいのだろうか?

ギリシア神話が太古の時代から三つの段階をたどって洗練されていくというペイターの理論の着想源として名を挙げられてきたのは、ラスキン (John Ruskin) を別にすれば、ほとんどがドイツの文人、歴史家や考古学者だった。いささか煩雑になってしまうが、列挙してみると、コナー (Steven Connor) はここにラスキンが『空の女王』(*The Queen of the Air*) で想定した「神話の三つの構成部分」の反響を読み取り、[10]インマンは、シラー（Friedrich von Schiller）の『人間の美的教育について』（*Über die Ästhetische Erziehung des Menschen*）第二十四および第二十五書簡で展開される人間の発展の三段階についての教説がペイターの図式を理解する鍵になると主張する。[11]ただし、シラーのこの理論は、「人間の発展」についてのものであって「神話の発展」に触れるものではないことを注記しておかなければならない。ポトルスキーはこの図式を、基本的には『デメテルとペルセポネ』（*Demeter und Persephone*）や『ギリシア神話』（*Griechische Mythologie*）におけるプレラーの理論に手を加えたものと説明している。[12]たしかにプレラーは『ギリシア神話』の序章冒頭で神話の形成過程を五つの段階に分けて説明しており、そのうちの最初の三段階——すなわち、自然の諸力や現象を生命ある存在の行為や変化する状態として表現する第一段階、それを人格化された神々の形姿や性格として表象する第二段階、そして最初の自然感覚が忘却されて倫理的観念のみが残る第三段階——の特徴づけはペイターのものとかなり似通っている。ただし、ペイターと違って各段階と特定の藝術形態とを結びつけてはいない。[13]インマンがペイターの三段階の図式とプレラーの理論の関係をあっさりと否定しているのはそのためだろうか。[14]神話形成の各段階をそれぞれ親和性の高い藝術形態と結びつけるという着想は、ミュラーの『古代藝術とその遺物』（*Ancient Art and Its Remains*）から得たものかも知れない。この本をペイターは一八七五年九月一日にボドリー図書館から借り出しているのだが、[15]その「序論」第三節でミュラーは藝術の分類を扱い、こう書いている。「造形藝術はその性質上、どちらかと言えば静止し固定されたものに、一方、絵画は移ろいゆくものに方向づけられている。したがって、彫刻は倫理的品性（エートス）の描出に適切な表現形態であり、絵画は感情表現に向いている。」[16] いずれにしても、三段階発展の理論と彫刻の位置づけは、これら著者たちの所説からペイターが演繹したもので、古代の彫刻作品そのものについての詳しい調査や観察に基づくものではなかったと言えそうだ。

一方、ギリシア彫刻に観念性や近代人に訴える倫理的機能を求めるという発想は、ドイツの理論家たちとは全く別のルーツであるイギリス新古典主義美学の伝統から来たものかも知れない。この伝統の淵源と目される『講話集』(*Discourses*) の中で、サー・ジョシュア・レノルズ (Sir Joshua Reynolds) は古代の彫刻についてこう述べていた。

> 「ギリシアやローマの」偉大な人々の姿は彫刻によって現代まで伝えられてきました。古代藝術のすばらしい実例のほとんどは彫刻という形で残っています。我々はこれまでモデルとなった人物に人としての威厳を、そしてそれを描き出す技法に藝術の真実性を結びつけてきましたので、人間的偉大さの観念と彫刻という表現法とを分けて考えることはもはやできません。[17]

また、レノルズは美術全般の目的をこう表現している。

> 我々が生業としている技芸は、美を目的としています。美を発見し表現することが我々の任務なのです。そして、我々が追い求める美は普遍的かつ知的な美、精神の中にしか存在しない観念です。……とはいっても、藝術家がその観念を伝達することによって、見る者の思いを高尚にし、視野を拡げることはできる。藝術を継承することによってそのような精神的美は伝播し、知らず知らずのうちにその影響が広まって公共の益となるのです……。
>
> (*Discourses*, pp.230–31 [Discourse 9])

美術批評におけるこのような倫理への傾きは十九世紀の彫刻批評家たち——スミス (Philip Smith)、ウェストマコット (Richard Westmacott)、ペリー (Walter Copeland Perry)、ウォルドスタイン (Charles Waldstein) ——にも継承され、十九世紀の間、彫刻をめぐる論議は基本的にこの気風の中で展開した。(18) そうした環境の中でペイターは彫刻を語ったのである。

三段階の図式にしても倫理的役割の賦与にしても、この時点でペイターの議論はあくまでも抽象理論の域を出ていないと言わざるを得ない。実例となるギリシア彫刻の作品を挙げてこの理論を証明することはまだできていないのだ。コナーは、ペイターが「デメテルとペルセポネの神話」をバーミンガムで最初に講義した一八七五年から、『フォートナイトリー・リヴュー』に発表した一八七六年を経て、最終的に単行本に収められるまでの間に、この三段階の図式に徐々に自信をなくした（あるいは疑いを深めていった）のではないかと推測している。[19] が、この推測を裏づけるための彼の論証によって彼の結論が自然に導き出せるとは思えないし、もし「疑いを深めた」のなら、なぜ一八九五年の最終ヴァージョンまで（しかも字句を追加しながら）当該の記述を残したのかという疑問が生じてしまう。むしろ、徐々に疑いを深めたのではなく、ペイターは最初から自分の理論に確信を持ち得なかった、そして後から証拠を積み重ねてこの理論を補強しようと思っていたと言った方が正しいのではないか。

「デメテルとペルセポネの神話」の中でペイターが挙げる倫理的観念の表現としての彫刻の実例は、一八五七年にクニドスの遺跡で発掘されたデメテルとペルセポネの大理石像と、同じ場所で見つかったデメテルに仕える女司祭または悲しみの状態にあるデメテルを描いたと推察される大理石像の計三体、それにデメテルの肖像を刻印したメッセネの硬貨――これだけだ。クニドスの像三体は、先ほど引用した文章（八一頁）にあるように、「私が倫理的段階と呼んだものの中核をなす現存の実例」である。しかし、同じ境内から発掘された大理石像は三体合わせてひとつと数えるべきだろうし、メッセネの硬貨はあまりにも小さい。とてもではないが、これだけでは自分が呈示する理論を裏づけるには足りない。ペイターはこのエヴィデンス不足を意識していたはずだ。『ギリシア研究』の後半をなす彫刻関連の一連のエッセイのプランは、ひとつにはこの意識から出てきたものと考えられる。理論を立証する十分な実例を彫刻論の中で紹介するつもり、そしてできるつもりでいただろう。

「デメテルとペルセポネの神話」における彫刻への言及の二つめの文脈は、考古学によって古代研究の多くの物的資料がに明るみに出されたことである。この文脈は、ギリシア宗教の倫理的ポテンシャルを証明しようというペイターの意図に逆行する材料をも提供することになった。考古学者によって発掘された遺跡とそこからの出土品は、純粋な精神性や倫理への傾斜と正反対の、原始性や未開性といった要素にも光を当てずにはいなかったのだ。今しがた触れたクニドスの大理石像をペイターが目にすることができるようになったのは考古学者チャールズ・トマス・ニュートンによる遺跡発掘のおかげであり、ニュートンの報告書――『ハリカルナッソス、クニドス、ブランキダイにおける発見物についての報告』(*A History of Discoveries at Halicarnassus, Cnidus, and Branchidæ*)――の記述の通り、彫像はそれを取り巻く遺跡の一部として見られなければならなかった。ペイターの記述にもそのような視点の影響がはっきりあらわれている。

その場所は死滅した古い宗教の痕跡のひとつだが、往時の面影を生き生きと伝える物も多く残っている。その地特有の野卑な迷信や珍奇な呪術的儀式があるのが見て取れるかと思えば、ギリシア美術がつくり出す至高の姿に、真に荘重な印象を醸す力が秘められているのを見出すこともできるのだ。ギリシア宗教の二つの顔がここで対峙している……。

(*Classical Studies*, p. 85)

ペイターは、発掘されたクニドスの神域を描写するにあたって、ギリシア宗教の決して高尚とは言えない日常的な姿を留める器具や奉献物、また、鉛の薄板に刻まれた呪いの言葉など邪教的信仰の残滓の存在を示す幾多の形跡に囲まれて三体の大理石像が埋もれていたことを語るニュートンの報告文書を、逐語的にと言っても大袈裟でないほど借用した。[20]が、彫像を描写する二人の文章の間には明確な違いがある。例えば、玉座に着くデメテルの像についてのニュートンの記述は以下の通り。

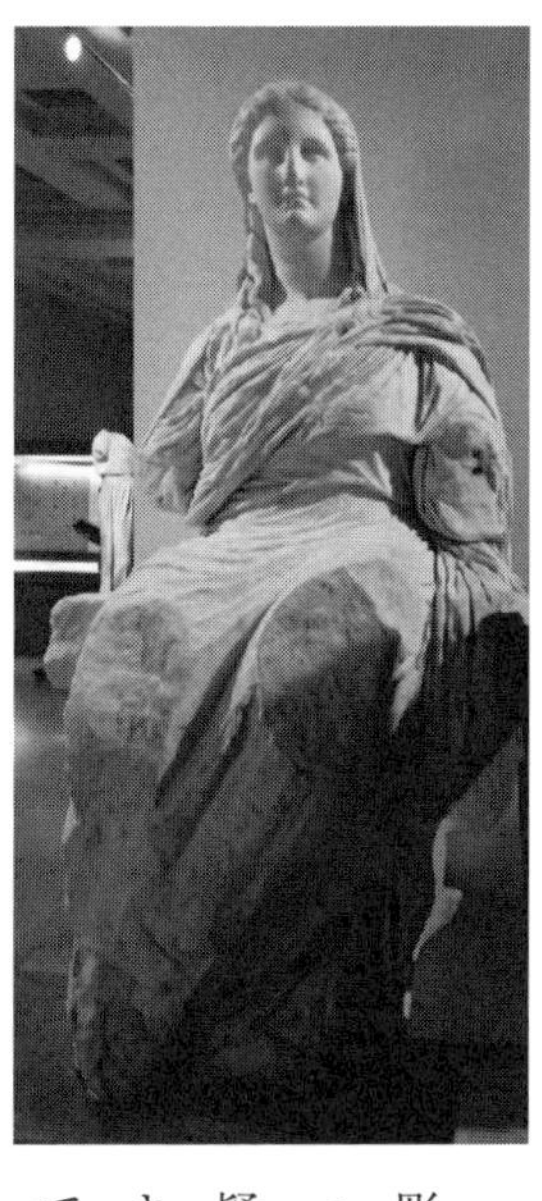

彫像は……人生の盛りを少し過ぎた女性を象(かたど)っており、デメテルをあらわしていることに疑いの余地はない。着衣はくるぶしまで届くキトーンの上に胴体をペプロスで巻いたもので、たっぷりとして整っている。キトーンや

ペプロスにはくっきりと角になるように襞がついている。胴は胸から腰までが短すぎるように見えるが、参拝者から見た視角によるある種の錯視を矯正するために意図してこういう特殊体形になっているのだろうか。像の背部は平らになっている。その部分は参拝者からは見えなかったに違いない。……顔つきには優雅な美しさがあり、極めて愛情深く上品な表情が見られる。頭部を含めた像の高さは五フィートを幾分越える程度である。[21]

一方のペイターはこうである。

坐位の像は、長い間風雨にさらされて損傷や摩損は激しいけれども、一流の批評家たちによればプラクシテレス (Praxiteles) 派の特徴をいくつも備えていて、まず間違いなく玉座に着いたデメテルの像と言っていいだろう。……彼女はこの彫像では物語後半の、和解に到り栄光に輝く万物の母という姿で表象されている。喉のあたりのチュニックの優美な襞、きちんとカールした毛髪、眉にかかるある種深い物思いの重み――こういったものが、母性の感情をこの上なく繊細に表現するのを得意とした巨匠レオナルド・ダ・ヴィンチの作風を彷彿させる。特に私には彼の門弟のひとりの作品、ルーヴルにある「秤の聖母」が連想されてならない。……このデメテルには幾分か物悲しさが見え隠れしている。無理もない――種が地面に落ちて死ぬのを何度も何度も見てきたのだから。今、ペルセポネが自分のもとに帰ってきた。だから髪の毛は豊かな収穫のように肩にかかり、広がっている。だが、彼女がヴェールを外すことはない。種がまた土に落ち、ペルセポネがまた母から離れて黄泉の国へ赴かねばならないことがわかっているからだ。(*Classical Studies*, pp. 87–88)

ニュートンが彫像を〈出土品〉と見てその外形(サイズ、形状、質感)についての事実を遺跡の一部として淡々と正確に記録しているのに対して、ペイターの文章はエクフラシス——すなわち視覚藝術作品を文章により描写する行為——となりおおせている。ペイターのエクフラシスは彫像の藝術性や美術史的位置、後世(近代)の藝術作品との類縁関係に目を配った上で、題材である女神デメテルを「彼女」、自分を「私」と呼び、デメテルの主観に寄り添ってその心情を慮るのだ。彫像は、「野卑な迷信や珍奇な呪術的儀式」の存在を伝える古代の廃墟の中にありながら、その部分だけがひときわ明るいスポットライトによって浮き上がり、近代人であるペイターの目の前にあるかのような印象を読者に与えている。これは、発掘現場ではなく現代の美術館で対象を見る時の、しかもそれが近代人に許される唯一の視点であることを意識した見方だ。ついでに付言すると、ペイターはギリシアの地を踏んだことがなかった。ギリシア彫刻を産み出し、それがもともと置かれていたその地の光の中でそれを見たことはなかったわけである。「美術館という施設で自分を見つめ返してくるのは近代精神そのものだということをペイターはわかっている」というジョーナ・シーゲル（Jonah Siegel）の指摘は適切だ。「美術館についてのペイターの見解の絶妙なところは、彼がそれによって藝術を経験する無時間的・理想的な空間が得られるとも、現物そのものに直接触れる機会を美術館が与えてくれるとも思い込まなかった点にある。」[22]あくまでも彫刻が藝術として後世の鑑賞者にどのような知的、情緒的、さらに言えば倫理的なインパクトをもって受け取られるかという点に彼の関心はあったと言えるだろう。

「デメテルとペルセポネの神話」に続いて発表された「ディオニュソス研究」の中でペイターは、神々を扱う際にギリシア人が発揮した想像力の機能に言及し、彫刻論の主題を予告している。彼によれば、第一に、ギリシア人はその想像力によって自然界と人間のつながりを感知し、自然の事物や現象を人体という形に凝縮させた。が、浮遊し流動する自然や、自然と密接に関連している太古の宗教信仰を特徴づける無定形に向かう本能的な拡散傾向と、人体という有形なものの中にそれを秩序づけようとする形式化への努力の間には、必然的に葛藤が生じる。その対立を調停し調和させるのがギリシア人の想像力の第二の機能であった。この難題を最終的に解決したのが、彫刻においてはペイディアス（Pheidias）、演劇においてはアイスキュロス（Aeschylus）だったとペイターは言う（*Classical Studies*, pp. 102–104）。

要するに、ギリシア人の想像力が成し遂げたのは、まず、自然の諸力に関する知覚や経験をアテネやゼウスやポセイドンといった神々の姿に表現したこと。次に、人間自身の肉体的特性――敏捷さ、勢い、一瞬の身体の動きに視覚と手と足を集中させる力――に関する知覚や経験を「円盤投げ競技者」の短く刈り込んだ頭髪や鍛錬された筋肉、完璧な均衡を保った注意力という形に表現したこと。そして、倫理的特性――あくなき理想の追求、内なる先見性、そしてその先見性ゆえ凡人の経験の及ばない場面で発揮される胆力――に関する知覚を、理想化されたアレクサンドロスの姿に表現したことである。（*Classical Studies*, p. 104）

ここではギリシア美術が、一、自然力の直観的な知覚、二、人間自身への関心、三、倫理的観念の表現という三つの段階を踏んで発展してきたとされている。これは「デメテルとペルセポネの神話」における神話発展の三段階と同様のパターンであり、原始的無秩序の中から生まれた宗教が人間の美的衝動と出会って洗練の度を深め、高度に倫理的な機能をもつまでに発展するという、それなりに整然とした理論と言えるだろう。そして最終的には、異教とキリスト教が決定的な断絶なくつながっていることを示し、自分に批判を浴びせたオーソドクシーの立場との折り合いをつけるという目標がペイターの視野に入っていたと考えられる。

しかし、前のエッセイについてと同じく、この一節に関しても読者はなにか腑に落ちないという感情を抑えられないのではないだろうか。倫理的特性に関する知覚を表現した彫刻作品の実例としてここに挙げられているのは、なんと「理想化されたアレクサンドロスの姿」という正体不明の物体ただひとつなのだ。これは一体どういうことなのだろう。この「アレクサンドロス」はリュシッポス（Lysippus）の作品のひとつを指すのか、それとも、サミュエル・ライト（Samuel Wright）が示唆するように、[23]大王の肖像を刻印した硬貨を指すのだろうか。前者だとすると、ギリシア美術の頂点とペイターが名指したペイディアスの作品を挙げないのはなぜかという疑問が生じるし、後者だとすると、「デメテルとペルセポネの神話」で言及されたメッセネの硬貨と同様、崇高な倫理的観念の表現というには小さすぎはしないかという違和感を禁じえない。いずれにしても、「ディオニュソス研究」を書いている時点で、彼が理論上到達した彫刻の理想を例証する実際の作品を質量ともに十分に挙げてみせる準備ができていなかったことは確かである。そして、続いて展開する一連の彫刻論エッセイの中でその欠落を埋め合わせするつもりだったというのが自然な推測だろう。

藝術の倫理性と近代的任務

ペイターが彫刻に求めたもの——近代人にも働きかける倫理的な効果——とは一体どういうものなのだろうか。それをいささか逆説的に理解することを助けてくれるのが、彼が彫刻論のプランを温めていたのとちょうど同じ時期に発表した一篇のエッセイである。「デメテルとペルセポネの神話」と「ディオニュソス研究」が『フォートナイトリー・リヴュー』に掲載された翌年、そして彫刻論諸篇に着手する直前の一八七七年十月、同じ『フォートナイトリー・リヴュー』に彼は「ジョルジョーネ派」('The School of Giorgione')を発表した。このエッセイはのち(一八八八年)に『ルネサンス』の第三版に組み込まれることになるので、『ルネサンス』所収のエッセイ群のひとつとして読まれるのが普通なのだが、わざわざこの時期に発表したことからして『ギリシア研究』での彼の関心との連続性をここに見て取ることもできるはずだ。[24] 実は、彫刻の倫理的機能に関するペイターの思索の展開の中で、このエッセイは重要な位置を占めている。「すべての藝術は常に音楽の状態に憧れる」というキャッチャーな一文ゆえに「ジョルジョーネ派」は音楽という藝術形態への無条件の賛辞と受け取られがちだが、冒頭数頁でのペイターの議論を、一方でヘーゲルを後ろ楯にした人間精神の発達段階と適合する藝術形態の関係についての「ヴィンケルマン」での理論と、他方でその後の彫刻論のプランと関連づけて考えてみると、近代人のニーズに適合した藝術としての役割を音楽よりもむしろ彫刻に負わせようとする彼の意図が見えてくるのである。

「ジョルジョーネ派」でペイターは音楽を「典型的な、すなわち理念上最高の完成度に達した藝術」と名指す (*The Renaissance*, p. 106)。それは「内容と形式の完全な一致」を実現するからだという (p. 109)。が、その「一致」とはどのような状態なのか。それは、ペイターによれば、「単なる内容 (*mere* matter)」（強調は引用者による）が無となり、「形式それ自体が目的となる」ことによって達成される (p. 106) という。つまり、音楽によって到達される完全状態とは、「内容」の欠如あるいは稀薄化によって得られる消極的な意味での完全状態――中身がないために矛盾も起こらない、思考が未発達であるために感覚的印象と知性の間に齟齬が生じえない状態――をいうのである。このような意味での「内容と形式の一致」は、ヘーゲルが「古典的藝術」の代表とする彫刻において実現される「理念とその形態との完全なる適應」と同じ状態を指している。矢本貞幹（ただよし）が「[ペイタアの音樂表現論]は思想的な重みのないマイナー・アートの理想的形態を具体的に説明している」[25]と言っているが、宜（むべ）なるかなと言うべきだろう。ペイターが倫理的意味を表現するギリシア彫刻の代表格（あるいはほとんど唯一の実例）とするクニドスのデメテル像にしても、彫像自体が与える視覚的情報とは別に、我が子を失った母の悲痛と放浪そして再会という神話の物語を知っていなければ、苦難とその末にある和解が織りなす倫理的意味をそこに読み取ることなどできようはずもない。「ジョルジョーネ派」で称賛される「形式それ自体が目的となる」藝術にはそれがないのだから、ここで言われている藝術の理想状態は、ペイターがギリシア彫刻に求めるものとは異なると言わざるを得ない。

ペイターは「ヴィンケルマン」でヘーゲルに倣い、彫刻を人間精神の発達の第二段階に対応する藝術として、近代人の内省的精神に対応するには不足と判断していた。かつて彫刻に与えられていたその位置が、「ジョルジョーネ派」では音楽に取って代わられたのである。これは、彫刻に「古典的藝術」の範疇に収まらない特徴づけを施し、人間精神の発達過程の中で別の位置を与えようとする意図のあらわれと解することができるだろう。それは、現代人の精神にも訴えかける知的・倫理的ポテンシャルがギリシアの宗教にあるという神話論での彼の主張と密接に関連している。古代ギリシア人の宗教や文明を現代人のために役立てるためには、彼らの十八番（おはこ）である彫刻という藝術形態が単なる古典的な（ナイーヴな）完全状態を越えて大人の精神にも訴えかける力をもっていることを証明しなければならない。それが、神話論を書き終わったペイターが自らに与えた課題であり、一八八〇年以降の彫刻をめぐる一連のエッセイのプランの主眼だった。

そのためには、ギリシアの彫刻が、ジョルジョーネの絵画のような「牧歌」的で「遊び」に満ちた心地よさ (*The Renaissance*, pp. 117–19) に甘んじることなく、矛盾や葛藤や悲しみを内包した美を、そして内容と形式の安定した一致 (identification) ではなく、むしろ、たとえ藝術としては不純であったとしても、形式化に抗う自然の力とそれを秩序づけようとする人間精神との葛藤と危ういバランスの上にかろうじて成り立つ和解と調和が造り出す美を体現するものだったと示さなければならないことになる。エピグラフにヘラクレイトスの「万物流転」の一文を置いた『ルネサンス』結語の冒頭でペイターは、近代思想の趨勢を「あらゆる物ごとや事物の原理を移ろいゆく様態ないし一時的なあり様と見做すこと」だと要約する。我々の肉体的生命は諸元素の「絶え間ない運動」であり、経験とは変転極まりない「印象の集合体」にすぎない（*The Renaissance*, pp. 186–87）。のちほど再び触れるように、こうした断片化と拡散——遠心的（centrifugal）な方向——に向かう傾向を、彼は『プラトンとプラトン哲学』や『ギリシア研究』で「イオニア的傾向」と呼んだ。古代ギリシアを題材にしたこの二冊の本で彼が目指したのは、ギリシア人がこの遠心的傾向を統一と安定を求める求心的（centripetal）な「ドーリス的傾向」と釣り合わせ調和させることに成功したと証明することだった。万物は流転すると説くヘラクレイトス哲学と真実は静止すると説くパルメニデス（Parmenides）の哲学を統合してプラトンが逆説に満ちた自分の哲学をつくったように、この二つの傾向の和解を実現したことによって、彫刻がギリシア人の倫理的理想を表現し現代人を導くという重い任務に堪えうるものになったことをペイターは示したかったのである。こうしたプランを念頭に置いて彼は彫刻論エッセイの執筆に取りかかった。以下に四篇のエッセイの大筋をたどってみることにする。

彫刻論の展開

記録をたどれる最も古い時代——ホメロス (Homer) やヘシオドス (Hesiod) の時代——を扱う「ギリシア美術の英雄時代」では、当然のことながら、ギリシア美術の原始的な古層への注目が前面に出ている。ひとつの藝術形態として独立する以前のこの時代、彫刻は絵画や金属工藝、木材工藝、象牙細工その他の工藝と一緒になって、建築の一部をなしていた。そのような建築に従属する工藝をペイターは、ミュラーの用語を借用して「テクトニクス (*tectonics*)」と呼ぶ (*Classical Studies*, p. 115)。[26] テクトニクスに携わったのは「藝術家」というよりは「工藝職人」というべき人々で、ギリシア美術のルーツとなった彼らの技術をペイターはアジアから伝来したものと見ている。したがって、この時期やその後のギリシア美術を見る際には、表現された知的な観念や純粋に審美的な感情（ヨーロッパ的な精神性）だけでなく、作品の物質性や感覚に訴える要素（彼がアジア的と見做す要素）も重視しなければならないのだと彼は強調する。こうした古層についての知識を我々が得られるようになったのは、ホメロスやヘシオドスの叙事詩の記述に加えて、シュリーマン (Heinrich Schliemann) によるトロイアやミュケナイの発掘によって得られた考古学的資料によるところが大きい (p. 124) ことから、このエッセイのそこここでペイターは考古学に大いなる敬意を表明している。と同時に、彼が考古学的発見の過大評価を戒めてもいることを見逃してはならない。「美術批評家は」と彼は言う、「発見物がただ珍しいからとか古いからといって、それを美術における美しさと混同しないように注意する必要がある」(p. 124)。そして、彼はこの時代の美術を、人間そのものに対する関心の欠如を指摘して総括する。

> 要するに、ギリシア美術の最初の時代としてまとめられる状況とは、こういうものだった。まだ若い文明をもつ民族がある。この民族は、若者がするように、嬉々として物を飾り立て、象牙や金の感覚的な美と戯れ、器用な手先が作り出すありとあらゆる愛らしいものを愛でている。……だが、この目眩く意匠の世界のどこにも、人間そのものについての十分な理解はない。人間の心の表現としての人体の形姿についての洞察も、それを掌握する力も、未だ存在しないのだ。(p. 129)

次の「偶像の時代」は、ギリシア美術史でいうアルカイック期——半ば神話的なアジア風金属工藝の時代とペイディアスに代表される有史時代の中間に位置する時期——を扱う。この時期、様々な新技術の開発によって、これまで無名であった職人集団から個人としての藝術家や流派が存在を主張し始め、造形藝術はアジア的な装飾性から解放される。それに呼応して、建築から独立した宗教的目的をもった偶像(graven images)が制作されるようになり、彫像は人間本来の姿に近づいていく。この時代をペイターは、「デメテルとペルセポネの神話」で理論化した神話発展の三段階のうちの第二段階に符合するものとしている。

> ギリシア宗教発展の第二段階がすでに始まっているのだ。この時期、詩人や藝術家はそれまでの直感の時代におぼろげに感知された事柄のうち残せるものを掻き集めて組み合わせ、具象的な人間のイメージや意味の通じる人間的ストーリーに合体させる作業に勤(いそ)しんでいた。漠たる宗教感情、謎めいた風習や言い伝えを基に、いつの間にか込み入った段取りをもつ儀式や、象牙や金で象られ、美しい御座に鎮座する人格神の姿が出来上がっていく。(p. 138)

このようにペイターが神話論との整合性を意識しながら彫刻の発展を語っていることからも、彫刻論の目的がそこで呈示した理論を実証することにあったと推し量れるだろう。

次の「アイギナの大理石彫刻」は二つの意味でペイターの彫刻論の大きな転回点をなしている。第一は、考察対象の存在様態の変化とそれに伴う距離感の変化である。前の二篇で扱われた造形藝術作品のほとんどが実見不可能であり、ホメロスやヘシオドス、パウサニアス (Pausanias) の文献資料を通してしか知ることができないものだったのに対して、このエッセイの題材となる大理石彫刻は一八一一年に発掘され、ミュンヘンのグリュプトテーク (Glyptothek) 美術館で実際に見ることができるものだった。その結果、結末部でアイギナの彫刻群と十五世紀イタリア藝術や初期フランドル絵画、チョーサー (Geoffrey Chaucer) といった中世末期から近代にかけての藝術との類似関係を指摘する (pp. 153–54) ほど、ペイターは対象との心理的距離を縮めている。

第二に、考察対象を取り巻く文脈の拡大がある。ペイターの視野がここでは考古学や専門分野としての美術史の範囲を越えて社会・政治的な領域にまで広がっていくのだ。この文脈拡大をもたらしたのは、彼がこのエッセイで、ドーリス人と彼らのアポロン信仰を中心に据えたギリシアの文化・政治史であるミュラーの『ドーリス人』(*Die Dorier*) ——英訳題名は『ドーリス人の歴史と故事』(*The History and Antiquities of the Doric Race*) ——を援用し、これに大いに依拠したことである。ミュラーはギリシアの歴史を主要な二つの民族であるドーリス人とイオニア人の相剋の歴史と見るが、そのうち優勢を占め、ギリシアの民族精神の基調を定めたのは前者だったと判定する。(27) ペロポネソス戦争で対立したスパルタとアテナイはそれぞれドーリス人とイオニア人の精神性を代表する都市国家で、スパルタが自己防衛と守旧そして貴族政治の道を行こうとするのに対して、侵略と変化そして民主政治を好むのがアテナイだった (Müller, *The History and Antiquities*, 1:219–23)。宗教について言えば、アポロンこそはドーリス人の揺るがぬ信仰対象である。アポロンの基本性格をなすのは、秩序、静謐、光輝、調和といった状態であり、彼が司るのは「固定化された掟の体系への信仰」だとミュラーは言う (1:361)。そして、「アポロン崇拝は……トラキアで行なわれていたバッコスの祭礼で否が応でも目につくような騒がしく狂気じみた馬鹿騒ぎとは縁遠い」(1:313)。

この二元論的構図はペイターに、人間の文化・政治的行動にまつわる大抵のことを語る際に使える座標を提供することになった。「アイギナの大理石彫刻」の冒頭で早速彼はこの構図を借用し、ギリシア史を動かす動力となった二つの影響力について図式的に語っている。ここで、ギリシア史全般と彫刻の歴史とを同じ動力の産物と見做すことによって、彼は美術と政治、文化、そして宗教を同じ言葉で語る視座を得た――「正反対の方向に向かう二つの影響力の作用を受け、自らのうちにその対立の和合を見出したという点で、ギリシア彫刻はギリシア史全般のより包括的な動きを忠実に映し出している」(*Classical Studies*, p. 145) と彼は言う。彫刻におけるイオニア的影響のあらわれである奔放で「無方向的」な想像力の活動は、社会や政治における分離主義 (separatism) や個人主義 (individualism) の主張と表裏一体であり、逆に彫刻において「内面的、抽象的、知的な理想」の表現を目指すドーリス的影響は政治的保守主義と結びつく。そして、ギリシア彫刻の流れが全体として向かった方向は、遠心的なイオニア的傾向を人間的理性に基づく秩序や健康、均整を志向する求心的なドーリス的傾向によって懐柔することだった。そしてそれはとりもなおさず、知性の原理を押し立てて社会の無秩序を克服しようとするプラトンの政治的プログラムと同じ方向を向いている。ペイターの彫刻論にアーノルドの『教養と無秩序』(*Culture and*

Anarchy）と同じ臭いを嗅ぎつける批評家がいるのも極めて自然なことだろう。[28] そのドーリス的傾向を体現するのがプラトンの理解するようなパルメニデスの静止の哲学でありアポロンの宗教だったとペイターは指摘する。

太陽光線の「霊的形姿」であるアポロンは、その性質のうちの単なる物質的・自然的要素をほとんどすべてなくしてしまい、早い時期から純粋に倫理的な神――いつどのような形で顕現するにせよ、内面的・知的な真実の「霊的形姿」――となる。アポロンはヨーロッパ特有の理念すべての表象である。ギリシア人の考える理性的な人間の自由、理性的な政体、病や罪悪感の治療による魂と肉体の健康、合理的な鍛錬すなわち節制による魂と肉体の完成――これらすべてをこの神はあらわしている。アポロンの宗教は公正さの具現化だと言ってもよい。その目的は正しい理性の実現、あらゆる場面で物ごとの真実を正しく考慮することにある。（pp. 146–47）

アイギナで発見された十五体の大理石像は、トロイア戦争におけるギリシア人とアジア人の戦闘を描くものであり、加えて制作時期がペルシアに対するイオニアの叛乱（前四九九―四九三）の時期にあたるということで、ペイターがここに〈アジアの野蛮対ギリシア（ヨーロッパ）の高潔〉という図式を読み取るのは自然なことであったろう。彼の彫刻論の展開の中で言えば、このエッセイは感覚的要素を重視する前半から知的・倫理的要素を重視する後半への急転回が起こる地点であり、さらに『ギリシア研究』全体の中で見るならば、ややもするとラディカリズムの方向に振れすぎる嫌いのあった神話論での自身の立場を、ヨーロッパの知性と倫理観を正当化する保守主義の方向に引き戻す意図が込められていたのかも知れない。

この修正作業は次の「運動競技受賞者の時代」に引き継がれる。が、ここでの修正の主眼は、前エッセイとは逆に、一度表明した露骨な保守主義志向の立場を若干押し戻していわば曖昧にすることにあったように見える。ペイターの視線が社会的背景から離れてより作品そのものに集中していること、ギリシア精神の中心地として彼が目をつける都市がスパルタからアテナイに変わったこと、そして彼の着目する藝術の中心主題が〈同じ戦いとはいえ〉本物の〈戦闘〉から平和達成後のギリシア世界における〈運動競技〉に——戦士からアスリートに——変わったことに、その微調整の方向があらわれている。

このエッセイが扱う紀元前五世紀の前半から中葉にかけての時期、ギリシア彫刻は人体の外面と運動の表現に関して長足の進歩を遂げ、眼に見える経験的世界の一部としての人間は完全に表現できるようになった。しかし、この時点ではペイターが彫刻に求める最も高度な機能である倫理的観念の表現には到達していないというのが彼の判断である。この時代を代表する彫刻家であり、有名な「円盤投げ」(*Discobolus*) の作者であるミュロン (Myron) について、精神を表現しなかったことによってこそ彼はギリシア美術史におけるこの発展段階を代表する藝術家になったのだとペイターは言う。

円盤投げ選手やクリケット選手のあるべき姿を追求している運動競技受賞者に不可欠なのは、肉体と張り合ったり肉体の領分を侵したりするような形で精神を表出するのを慎むことだ。精神は肉体の一機能以上のものとして表現されてはならない。精神というやつは、肉体のもつ諸機能の健全な均衡をいとも簡単に乱してしまうからだ。肉体の本質そのものが有する美を狡猾に破壊する敵とは付き合わないことが肝要である。(p. 177)

ペイターがミュロンに見ているのは、「ヴィンケルマン」で言及する「知的・精神的な理念を感覚的な形姿に没入させた」藝術家の姿である。「彼の魂は、プラトンの『国家』に出てくる偽物の天文学者のようにどんどん感覚に溺れてゆき、感覚に訴えてこないものには一切興味をなくしてしまう。こんな者が理念や精神の世界のほの暗さに戻って我慢できるなどということがどうしてありえようか」(*The Renaissance*, pp. 176–77)。そしてこれは、ペイターの見るところ、ヴィンケルマン自身の限界でもあった。運動競技受賞者の時代を代表するもうひとりの彫刻家ポリュクレイトス（Polycleitus）の「ディアデュメノス（勝利の鉢巻を結ぶ青年）」（*Diadumenus*）についても同様に、ペイターはミュロンを評したプリニウス（Pliny）の発言を流用し、「彼は精神の感覚を表現しなかった」（*Animi sensus non expressit*）（p. 183）と言っている。

こうして、彫刻論四篇を費やして、ペイターはギリシア美術が美術以前の原始的な段階からヴィンケルマンが理解した完全な外面描写としての彫刻――精神が肉体から、内容が形式からはみ出して自己主張することのない状態――すなわちヘーゲルのいう「古典的藝術」としての彫刻という段階まで発展した過程をたどってきた。もちろん、ここで終わりにするつもりはなかっただろう。彼のプランの目標はここを越え、十分な実例を示してギリシア彫刻の倫理的機能を実証することにあったのだから。ところが、「運動競技受賞者の時代」を発表した八箇月後の一八九四年七月三十日に彼は心臓発作のため急死し、彼のギリシア彫刻研究はクライマックスとなるはずのペイディアスの時代に到る前に強制終了となってしまった。定期刊行物に掲載され、『ギリシア研究』に収録された一連のエッセイの範囲では、当初のプランの目的は果たされないまま終わったわけである。『ギリシア研究』に付されたシャドウェルの「序文」にあるように、もしペイターがもう少し生き永らえていたら、彼の彫刻論は少なくともペイディアスの時代（そしてもしかするともう少し後のプラクシテレスの時代まで）についてのエッセイを含むものになっていたことは確実だろう。我々が知りたいのは、ペイターはそれらのエッセイで、最盛期のギリシア彫刻が神話発展の第三段階に対応し、原始と文明、イオニアとドーリス、無秩序と統制、感覚的衝動と倫理的知性の統合が見出せることを本当に示すことができただろうかということだ。シャドウェルは、ペイディアスとパルテノンについてのエッセイの手稿断片が存在することを明かし、それが「重要な断片」であると主張している（*Classical Studies*, p. 350）。しかし、現在ハーヴァードのホートン・ライブラリー（Houghton Library）が所蔵する「パルテノン」（'The Parthenon'）と題された十数葉の手稿[29]を見ても、残念ながら我々の問いに答えてくれそうな情報を見つけることはできない。その情報が出てこない限り、ペイターがクニドスのデメテル像に見て取った倫理性は、彫刻という藝術の形式的特性というよりはむしろデメテル神話という題材――ペイターの用語でいえば「内容」――に由来するものであって、これを「他のギリシア神話」（一八九五年版では「すべてのギリシア神話」となっている）を含めた一般論の根拠とするのは、いわゆる〈早まった一般化〉の一例と言わざるを得ないのではないかという疑念が払拭できないのである。[30]

この疑念と関連して、もうひとつの疑問が残る。ペイターが彫刻の理想を託そうとした彫刻家は一体誰だったのかという疑問だ。彼自身の申し立てを信用するならば、それはもちろんペイディアスでなければならないだろう。「ヴィンケルマン」で彼は、ギリシア美術が産み出したものがすべて灰燼に帰してたった一点の作品のみを救い出せるとするなら、ペイディアスの監督下に制作されたとされるパンアテナイア祭の騎馬行列を描いたパルテノンのフリーズから一点を選択するだろうと言っているし (*The Renaissance*, p. 174)、先にも触れたように、「ディオニュソス研究」ではギリシア美術史の二本のより糸である本能的な拡散傾向と秩序に向かう形式化傾向の統合を成就したのがペイディアスだと断言していた。これを見ると、エスターマーク＝ヨハンセンとともに「ペイターにとってペイディアスのフリーズは絶対的な頂点をなす」[31]と断言したくなるのも当然と言わなければならない。ところが、事実は、『ギリシア研究』の中でペイターが高度な精神性や倫理的意味を伝達する彫刻の実例としてペイディアスの作品に言及することは一度もないのである。むしろ、技巧の面でも表現される観念の面でも、より原始的な段階との連続性が認められる実例として彼はペイディアスを引き合いに出すのだ (*Classical Studies*, pp. 101, 131)。

それに対して、少数とはいえ、ペイターは倫理的観念の表現としての彫刻の実例をプラクシテレスに近い時代の彫刻家の作品に見出している。クニドスのデメテル像の作者は「プラクシテレスと同時代、またはその直後の時代」の藝術家 (Newton, *A History*, 2(1):418; Pater, *Classical Studies*, p. 85) であり、「ディオニュソス研究」で言及される「理想化されたアレクサンドロス」がリュシッポスの作品を指すのなら、これもプラクシテレスに近い世代の彫刻家ということになる。加えて、「デメテルとペルセポネの神話」でのプラクシテレス派の特徴づけがある。ペイターは、デメテルの表象が太古のグロテスクな姿から洗練の度を増して、高度な文明を得たギリシア人の宗教的ニーズに応えうるだけの藝術性を獲得したプロセスを語り、こう言う。

オリュンポス生え抜きの神々が宗教美術特有の型にはまった扱いという制約から脱け出したずっと後までそうした型通りの表象に甘んじてきたこれら遠慮がちな大地の女神たち［デメテルとペルセポネ］を堅苦しい定型から解き放ち、藝術の見地からのびのびと取り扱ったのは、プラクシテレスが最初だったように思える。ペイディアスの流派と違って、プラクシテレス派の特徴は何と言っても洗練された優雅さである。ペイディアス派の厳格な道徳的緊張感を少しく緩め、かすかにアジア的な芳香を漂わせる嫋（たお）やかさと優しさを付加しているのだ。

(*Classical Studies*, p. 84)

（ペイターのいう）彫刻によって伝えられる倫理的な観念とは、ペイディアス的な有無を言わせぬ峻厳な道徳性というよりは、悲しみの感情や無秩序に向かう奔放な力、アジア的な物質性や女性性といったネガティヴで非合理的と見做されかねない原理――彼のいう「イオニア的」原理――を吸収し包み込んだ結果として生じるものだということを、この一節は伝えようとしているかのようだ。ペイターがヴィンケルマンの視野の限界として指摘するのがまさにこの点だったことを我々は思い出さないわけにいかない。「［ヴィンケルマン］の藝術の概念には、生身の生や葛藤、悪を大胆かつ沈着に扱う、奔放なタイプの藝術が含まれていない。」そして、ヴィンケルマンが直視しなかったものこそが、ペイターに言わせると、「近代世界の藝術」の内容をなしてい

るのだった (*The Renaissance*, p. 178)。

アポロンとディオニュソスの統合

近代人はヴィンケルマンやヘーゲルの念頭にあるギリシア人と違って、倫理に関しても美に関しても、生一本で満足することができない。なぜなら近代の世界そのものが多要素の絡み合った複雑なものだから、というのがペイターの認識である。

近代の藝術が精神の向上のためにできるのは、近代における人間の営みを構成する諸部分を整理し直し、それを映し出して精神の要求を満たすことだ。では、近代における人間の営みと対面した時、精神は何を求めるのか。それは自由の感覚である。人間の意志を制限することが仮に可能だとして、そうするために人間以上に強力な存在の意志を想定しなければならないような、ナイーヴで大雑把な自由の感覚を人はもはやもつことができない。そんなものを藝術で表現しようとしても、真実味がなさすぎて平板かつ退屈なものになってしまうだろう。近代人が自らについて考えをめぐらせる時、主たる要素となるのは（道徳的秩序につい

て考える場合でさえ）自然の法則の複雑さと普遍性である。（*The Renaissance*, pp. 184–85）

この文中の「自由」とは、『享楽主義者マリウス』の中でペイターがキュレネ派の哲学について語る際に用いた表現を借りるならば、「我々の経験の一要素を掬い上げるために別の要素を犠牲にするような、偏った、虚偽の教説からの完全な自由」、そして「根本問題に対する因襲的な答と思われるものからの自由」[32]を意味する。すなわち、正しいと仮定されたひとつの観念を楯に、この世界（特に近代世界）が提供する他のあらゆる経験――たとえそれが悪の経験であったとしても――の可能性を閉ざすことを潔しとしない態度。ミルトン（John Milton）が「アレオパジティカ」（'Areopagitica'）で、「実世界で試されず、実行もされないで［悪から］逃避し、修道院に籠もっているような美徳を私は評価することができない」[33]と言ったのと同様に、ペイターも藝術を、世界から隔絶し修道院的に完結した閉鎖空間――ヴィンケルマンが生きた穢れなきフォルムの世界――で行なわれる営みと見なすことはしなかったのだ。[34]

ペイターが死の前年に発表した生涯最後の〈架空の肖像〉、「ピカルディーのアポロン」（'Apollo in Picardy'）[35]は、まさに修道院の閉鎖空間から足を踏み出すことを余儀なくされた修道院副院長の運命を描いた物語である。彫刻論を通してイオニアとドーリス、ディオニュソスとアポロンの統合を模索してきたペイターが（少なくとも生前に日の目を見た著作の中では）最終的に到達したヴィジョンが、ここにあらわれている。これは中世まで生き延びたギリシアの神アポロンが若き農場労働者に身をやつしてフランスの片田舎に出現するという話で、ギリシアの宗教は古代ギリシアの歴史とともに完結するのではなく、キリスト教が支配するのちの時代まで命脈を保っているという基本的な認識に基づく。しかも、ペイターにこの物語の着想を与えたハイネ(Heinrich Heine) がギリシアの神々に肩入れしてキリスト教に露骨な敵意を示し、二つの宗教の対立関係を強調するの[36]に対して、ペイター自身はそれらの間にもっと親密な関係を見ている。[37]

フランスのとある修道院の副院長サン゠ジャン (Prior Saint-Jean) は幼少時から修道院で育ち、外の世界を異教の残滓のある不浄な場所として忌避してきた。修道院に籠もった彼は「抽象的学問」(the abstract sciences) (p. 201) に打ち込んで全十一巻に及ぶ研究記録を蓄積し、第十二巻を彼の生涯の研究の仕上げとして完成させた上でめでたく院長に昇進するはずだった。その折も折、健康を害した彼は郊外の修道院付属農場に、従者として平修士ヒュアキントス (Hyacinthus) を伴って転地療養に出ることになる。そこでサン゠ジャンはこれまで住んでいた町なかの修道院と異なる自然環境と自然からの影響力に曝されるのだが、なかんずくその農場で働く労働者アポリオン (Apollyon) の不思議な感化力の影響下に置かれることになる。アポリオンは優しさと残虐さ、カリスマ的統率力と邪悪な犯罪者的性格といった相反する資質をもち、彼の感化力は副院長の健康を回復させるとともに、彼の知性を変調させていく。[38]

厳密で抽象的な公式としてあらわされる音楽や星辰、機械的構造の厳密で抽象的な法則（あるいは法則についての理論）は、この人のこの世ならぬ生真面目さをいや増しにする要因だったわけだが、それがどこかに消えてしまったように思われた。だが、この異才の教え子（あるいは共同探究者というべきだろうか）……と触れ合うことによって、自然の法則への探究心が副院長の中に甦ってくる。ただし、自然は理詰めで考えて理解すべきものではなく、看取すべきもの、眺め、聴くべきものとなった。(p. 209)

こうしてサン＝ジャンは抽象理論を捨てて直観的把握を優先するようになり、それと軌を一にして彼の研究記録第十二巻は余人には理解不能な無秩序な記号や図形の羅列の様相を呈するようになる。そうこうするうちに、古い神話の出来事と同様に、アポリオンの投げた円盤が突風に煽られてヒュアキントスを直撃し、殺してしまう。アポリオンが逃亡したためにこの殺人の罪を着せられた副院長は平修士に格下げされ、独房に監禁されて、あの農場に戻ることを願い、夢見ながら死ぬ。

この架空の肖像でアポロンは、ミュラーや「アイギナの大理石彫刻」におけるペイター自身が描くドーリス人のアイドル――あの輝かしい真実と正義の神アポロン――とは似ても似つかぬ性格をもつ神として描かれている。特に、建築労働者に対する不思議な感化力、動物との共感関係、殺人やその他の犯罪に関する疑惑をかけられる等の細目において、アポリオンは、同じく中世フランスに再臨したディオニュソスを描いた「ドニ・ローセロワ」の主人公に極めて接近している。これをもってキーフは「アポロンとディオニュソスは双子になった」(Keefe, p. 137) と言い、「ピカルディーのアポロン」は『プラトンとプラトン哲学』や彫刻論での秩序志向の行き過ぎを自覚したペイターの自説撤回宣言にほかならないと結論する (Keefe, p. 142)。つまり、キーフの見るところ、ペイターは神話論で左に振れすぎた自分の立ち位置を彫刻論で右に修正し、それを最後のフィクション作品でまた左に戻したということになるのだが、さて、本当にそうなのだろうか。

実は、アポロンとディオニュソスの近親性はすでに一八七六年の「ディオニュソス研究」ではのめかされていた。まずは音楽を通じて両者は同じ役割を担っていたことが指摘される。「彼［ディオニュソス］は音楽と詩の内在的動機であり、霊感のもとである」(*Classical Studies*, p. 95)。さらにペイターは、デルポイ (Delphi) のアポロン神殿にディオニュソスが一定の持ち分を確保していたことに注意を喚起する。この神殿にはディオニュソスの棺なるものが安置されていて、大神殿の破風の一方にはアポロンの、他の一方にはディオニュソスの像が配置されていた、そして、アポロンの神殿で冬の四箇月間はディオニュソスがアポロンに劣らぬ熱心さをもって崇拝されたのだと彼は言う (p. 96)。[39] このように両神の親密な関係が最初から念押しされていたことを考慮すると、ペイターがアポロンとディオニュソスの対立の図式の中で右往左往したというキーフの見方には与(くみ)しがたいと言わざるをえない。(40) 彼が『ギリシア研究』の後半を通して探求した彫刻の倫理性は、アポロンとディオニュソスの和解と統合に基づくものであって、いずれかが優勢になることによって成り立つものではなかった。

「ピカルディーのアポロン」のアポリオンは、一見、彫刻とも倫理性とも程遠いように見えるが、注意深く見ると、ペイターが彫刻論で求めていた彫刻と倫理性(エートス)の結びつきがこの登場人物において実現していることがわかる。サン＝ジャンが初めてアポリオンの寝姿を目撃した場面を見てみよう。

> 魔法にかかったプロスペローの島のように、農場全体が「音楽で満たされて」いた。金属の弦の上を吹き抜ける風音のようにも聞こえる。ただ、風がそよとも吹かぬ夜でもその音が聞こえるのが不思議だった。
>
> が、農場に来た最初の夜に聞いた時、本物の音楽にあまりにも似ていたので、副院長は色々考えたあげく、音が降り注いでくるように思えた螺旋階段をそうっと登って、何本もの屋根裏の梁に囲まれた大きな階上の部屋(ソーラー)を覗いてみた。そこは収穫物の貯蔵所として使われている部屋だった。よろい戸を開け放った屋根窓から月光が溢れんばかりに降り注いでい

る。低い垂木に吊るされたランプの輝きの下で、サン＝ジャン副院長は生まれて初めて人体の形姿を――神の手で造り出されたばかりのいにしえのアダムを――眺めているような気がした。この家の召使いか、あるいは作男だろうか。部屋の四隅に金の織物みたいにうず高く積み上げられた羊毛の上でたまたま眠り込んでしまったのだろう。農奴だ！　それにしてもこの安らぎようといったら、とても農奴とは思えない。このポーズには王者の、いや、神のような風格さえある。その豊かな、暖かみのある白い四肢の曲線に、一箇所でも手直しすべきところがあるなどと思う者がいるだろうか。また、束ねて不思議な結ぼれをつくった金髪が秀麗な額にかかるその顔の高貴な目鼻立ちにも。それなのに、この眠れる若者の胸、喉、唇の自然な動きには何という愛らしい優しさもまた感じられることだろう。見た目にこれほど穢れなきものが実は魔性を秘めていて、目に見えぬ悪で汚されているなどということがありうるものなのか。(p. 202)

ここでアポリオンは、副院長の目に一体の彫刻として見えている。つまり、この一節は月光とランプの光という照明の下で鑑賞された彫刻作品を描写する一種のエクフラシスとして書かれているのだ。アポリオンの寝姿は「手で造り出された」「人体の形姿」(human form) であり、観察者の注意が向けられるのは「ポーズ」(posture) や「手直し」の余地の有無という、制作物としての側面である。そしてこの彫像は、その題材（モデル）の出自から来る神々しい威厳と、それがキリスト教の支配下に迫害される異教の神として経験した苦しみや悲しみによって和らげられて醸される甘美な優しさ、そして秘められた魔性という倫理的資質を見る者に伝えている。読者はここに、「ペイディアス派の厳格な道徳的緊張感を少しく緩め、かすかにアジア的な芳香を漂わせる嫋やかさと優しさを付加」した、プラクシテレス派の藝術家の手になる架空の彫像の描写を読み取ることができるだろう。さらに、先回りして言うならば、この形姿は中世を越えて近代の感受性や知性を予見するポテンシャルを内蔵している。というのは、サン＝ジャンの研究に付き添うようになったアポリオンは、彼にコペルニクス (Nicolaus Copernicus) の地動説――「地球が太陽を周回するという邪悪で反聖書的な真実」(p. 209) ――やケプラー (Johannes Kepler) の学説――「正しい軌道からの天体の偏向」(p. 209) ――を、つまり「ヴィンケルマン」でペイターが近代人の自己認識の「主たる要素」とした「自然の法則の複雑さと普遍性」を教えることになるからだ。[41] 近代における道徳的秩序は、清らかさだけではなくアポリオンが秘めているような「魔性」つまり〈悪〉の要素をさえ必須の一部として含んでいるということを、この一節は語っているかのようだ。アポリオンの寝姿は彼にとって、ペイターにとっての『モナ・リザ』がそうであるように、「古の想像力の化身であるとともに近代的観念のシンボル」('Leonardo da Vinci,' *The Renaissance*, p. 99) でもあると言えるだろう。

ペイターの著作の中には、登場人物の形姿がギリシアの彫刻と関連づけられている箇所がもうひとつある。『享楽主義者マリウス』の第二十一章、子供たちの歌う聖歌と一体になった夕暮れがあたかも「それ自体音楽になったかのよう」に思われる情景の中で、マリウスが、のちに聖人となるキリスト教徒で大屋敷の女主人であるチェチリアと初めて出会う場面である。

長い外套についた襞に古風で簡素な趣を漂わせ、頭巾（あるいはヴェールというべきか）を顎の下できっちりと結んだこの「灰色の中に立つ灰色の」女性の慎み深い美しさは、マリウスの心に、ギリシアの最高の女性彫像に見られる沈着で凛とした品性を想起させた。ただ、ギリシアの彫像に決して見られないのは、両腕に抱かれて安らう幼子を見る、悲しみを含んだ慈しみの表情である。一つか二つ歳上のもうひとりの子供が、片手の指を彼女の帯に差し入れて、傍を歩いている。(*Marius*, II:105)

チェチリアが『享楽主義者マリウス』の中でキリスト教的倫理性が最も濃厚に充満している登場人物であることは言うまでもない。サン＝ジャンがアポリオンを見た時と同様、ここでも時は夕べ、そしてこの場所は音楽に満たされている。聖母マリアのように幼子を抱いた姿勢はギリシア彫刻に見られないと語り手は言うが、衣服の襞やヴェールだけでなくチェチリアの「悲しみを含んだ慈しみの表情」にも、ペイターがクニドスのデメテルに見て取った「物悲しさ」として発露する「母性の感情」と相通ずるものがあることに読者は気づかないわけにいかない。

ギリシア彫刻になぞらえられたこのチェチリアの姿についてもうひとつ見逃してはならないポイントは、その構図が「ディオニュソス研究」でペイターが言及する十六世紀の版画家クリストファノ・ロベッタ（Christofano Robetta）の『ケレスと幼いサテュロスたち』（*Ceres and Her Children*）のそれと似ているという点である。(42) ペイターはギリシア神話の形成過程でディオニュソスの周辺に位置するパーンやサテュロスの表象が徐々に洗練されて人間に近いものになってゆき、プラクシテレスが『休息するサテュロス』（*Satyr at Rest*）――ホーソーン（Nathaniel Hawthorne）の『大理石のファウヌス』（*The Marble Faun*）のモチーフとなった彫像のオリジナルである――によって人間的感情を備えたサテュロスの一つの定型をつくったことを述べた後、続けて言う。

少しずつ、動物的性質の痕跡は目立たなくなったり消えてしまったりする。そしてついに、ロベッタが……ギリシア人の想像力に波長を合わせて（というのは、ギリシア人の想像力はどの時代の人にも訴えかける力を持っているのだから）、サテュロスが動物にほかならないことを、ケレス［＝デメテル］と子供たちの図案でこの上なく愛くるしい形で表現したのだった。母親は、［パーンに捧げる］ホメロス讃歌で子供たちを懼れていたのと違って、もはやいかなる懼れも感じていない。かつて悪鬼の鼻のように描かれるのが常だったサテュロスの鼻が、ここでは華奢で可愛くさえ見える。……子供のパーンのひとりは母親のスカートをしっかり摑んで彼女の傍を歩いているのだが、その子の毛むくじゃらの細い脛（すね）を見たくないなどと思う人はよもやあるまい。もうひとりの子は病気なのか疲れたのか、ケレスの腕に抱かれて運ばれて行く。ケレスは上品なイタリア風ドレスを纏い、果実や穀物で軽やかに身を飾って、刈り取られた麦の束が積まれた田園風景の中を歩いているが、歩きながらも小さなパーンをしっかり胸に抱きしめている。子供はといえば、むずかるような表情を浮かべ、細い山羊脚と小さな蹄（ひづめ）を組んで重ねた様は人間の子供そっくりそのままといったところ。

(*Classical Studies*, p. 95)

もともと野卑で精神性を欠いていたギリシア美術が、ギリシア宗教の発展に伴って洗練の度を増し、異教の題材やモチーフの痕跡を留めながらもついにキリスト教に極めて近い精神を表現する能力を得て、近代人の倫理的向上に資するものになる過程をたどること――これが彫刻論においてペイターが自らに課した課題だった。これは、言い方を変えれば、異教美術とキリスト教精神の融合のプロセスを跡づける作業とも言える。考古学者が発掘し、美術館で見ることのできる実在のギリシア彫刻作品の中からそれを裏づける実証的な証拠を見つけるという彫刻論のプランの目的は、公刊された彼の著作にあらわれる限りにおいては、ほとんど果たされなかったように見える。『ギリシア研究』という本は、彼の哲学と「世間」の折り合いをつけること、〈宗教信仰〉の何たるかについての彼の考えをヴィクトリア朝の多数の人々に理解させることが、彼の「言葉の才」をもってしても、いかに困難な任務であったかを物語る痛々しい記録だと言えよう。だが、少しばかり詭弁を弄するならば、キリスト教時代に生きる異教の神アポリオンの姿にアポロン的秩序とディオニュソス的生命力の統合を映し出し、異教時代に生きるキリスト教の聖人チェチリアの姿をギリシア彫刻になぞらえて、マリウスの目に映る彼女を田野を歩くデメテルの意匠と重ね合わせて描写することによって、この目的はペイターの文学的想像力の中で果たされたとも言える。彼は、「ギリシア美術の英雄時代」の中にこんな文を紛れ込ませている。「どの時期のものにせよ、我々が目にすることのできるギリシア美術はほんの断片にすぎない。それぞれの時期において、いささか空想的なやり方で空白を埋め、大なり小なり現物の代わりをさせなければならないのだ……」(*Classical Studies*, p. 122)。もちろん、彼がこう書いた時、彫刻論のプランをこのような形で実現することを予期していたのかどうか定かではないのだが。先に引用したシーゲルの言葉の通り、「美術館という施設で自分を見つめ返してくるのは近代精神そのもの」である。ギリシア彫刻に倫理性を見出すことは、精神化された宗教であるキリスト教の時代――二世紀のローマや中世のフランス、そしてペイター自身が生きた十九世紀のイングランド――から振り返って古代ギリシアを見つめる視点をもち、その精神性を投影することによって初めて可能になることであって、考古学者のように過去を完結した過去として見ている限り、無理な相談なのだった。

判断の留保——結びに代えて

一八七三年の『ルネサンス』初版出版によって諸方面から批判を浴びて以後、ペイターの仕事の大きな部分は、「結語」で打ち出した自らの哲学を根本的に否定することなく「世間との和解」（第二章四四—四七頁を見よ）を実現するための努力によって占められるようになる。彼が怒らせたのは、直接的には教会の保守派であり、大学の権威筋だったから、これら二つの方面からの「天罰」を回避するための自己弁護や辻褄合わせに努めたのは当然だろう。基本的に彼はこの方面の人々に対して、従順を旨として行動した。その努力が功を奏したか否かについて、明快な答を出せる人はいない。が、彼の努力はもうひとつの方向にも向けられていた。それは、教会や大学よりもひとまわり広い「世間」に訴えること、語りかける相手の範囲を拡大して、知的な事柄に関心をもつ英国人全般の理解を得ることである。そうした知的な階層は、大雑把に言えば、書評誌や雑誌等の定期刊行物の読者層と一致していた。彼らはオクスフォード大学で受け容れられる文献中心の古典学だけでなく、新たに出現した〈科学的〉な歴史研究の方法をも許容する人々だった。ペイターは、一八七〇年代後半の著作で人類学、考古学をはじめとするこれらの方法とその成果を積極的に取り入れる。『プラトンとプラトン哲学』が主として大学人に向けた著作だったのに対して、この広い世間を意識した著作物を代表するのが『ギリシア研究』だったと言っていいだろう。

もちろん、ペイターは以前から（『ルネサンス』に収めたものも含めて）何篇かのエッセイを定期刊行物に寄稿しており、その読者たちの反応を気にかけていたことは確かだ。だが、一八七五年頃を境に、それまで大学の仕事に置いていた軸足を徐々に出版の方に移していったことは間違いない。特に一八七四年に学生監（プロクター）になり損ね、一八七七年には詩学教授（Professor of Poetry）候補に名を連ねながら学内輿論に配慮して撤退せざるを得ないなど、学内のポスト獲得に失敗したことが彼の心を学外に誘引したことは想像に難くない。重心の移動をあらわす象徴的な決断は、一八八〇年、ライフワークとなるべき『マリウス』の執筆に十分な時間を捻出するために[1]ブレイズノーズ・カレッジの学生指導担当者（テューター）の職を辞したことである。その後も講師（レクチャラー）職は継続し、一八八五年にはスレイド美術教授（Slade Professor of Fine Art）職に応募するなど、学内ポストへの未練も見せはしたが、美術教授不採用の通知を受けた直後の八月にはオクスフォードの家を引き払ってロンドンに転居するほど、彼の心は大学から離れてしまう。引っ越し先であるケンジントンのアールズ・テラス（Earl's Terrace）の家に現在掲げられているブルー・プラークは彼を「唯美主義者（Aesthete）にして作家（Writer）」と表記しており、「学者」の身分には触れていない。これが世間（そして彼自身も）から見たロンドンでの彼のアイデンティティだったろう。もちろん、人生の最終盤に再びオクスフォードに住所を移したことにあらわれているように、彼と大学との縁は完全に切れてしまうことはなかったのだが。

ペイターが出版界との関わりを深めていったことは、彼の大学内での肩身の狭さや（第二章で見た）モーリーをはじめとする出版界の人物との個人的なつながりによるところもあるが、定期刊行物の世界そのものの中で起こりつつあった変化――新規読者層の開発とそのための編集方針の修正――とも連動していた。世紀前半の言論界を支配した三大書評誌――『エディンバラ・リヴュー』、『クォータリー・リヴュー』、『ウェストミンスター・リヴュー』――は、それぞれ自由党、保守党、哲学的急進派と密接なつながりをもち、党派の見解を代表する編集者の意向が記事に強く反映する傾向があった。それら「オールド・メディア」と一線を画する媒体として一八六〇年前後に相次いで創刊された『マクミランズ・マガジン』と『コーンヒル・マガジン』は、三大書評誌よりも購読料を低く設定し、連載小説をはじめとする「軽い」読み物を掲載して大きなマーケットを開発する。(2) それを承けて一八六〇年代中頃に「雑誌」よりももう少し知的な読者層を想定して創刊された綜合誌が『フォートナイトリー・リヴュー』と『コンテンポラリー・リヴュー』だった。「ニュ

ー・メディア」と呼ばれたこれら綜合誌は、党派色を薄め、各執筆者の自由で責任ある言論を尊重するという方針を採ったけれども、それでも、どちらかといえば前者は進歩派、後者は体制寄りの色合いを隠せなかった。ペイターと『フォートナイトリー』の関係については第二章で触れた通りである。

そういうところに、一八七七年、ジェイムズ・ノウルズ (James Knowles) によって創刊されたのが月刊誌『ナインティーンス・センチュリー』(*The Nineteenth Century*) である。この雑誌の最重要の編集方針は、意見の多様性を尊重し、あらゆる視点からの言論を認めて誌面に反映させることだった。ブレイクによれば、「ノウルズの『ナインティーンス・センチュリー』は、編集者を中心に据えたジャーナリズムから寄稿者に一定の支配権をもたせるジャーナリズムへの移行の過程にあると言ってもいいかも知れない」。[3] ペイター自身は一八八九年に二つの短い書評と一八九四年にフランスの教会建築についての二篇のエッセイを寄稿するまで直接関わることはなかったが、彼が創刊当初からこの月刊誌に強い興味を抱いていただろうことは想像に難くない。特に創刊第二号から導入された「モダン・シンポジウム」(Modern Symposium) という特集企画は、特定の論題について様々な思想的立場の論客がリレー形式で自らの所見を披瀝するという形をとり、ノウルズの編集方針をよくあらわすものだった。第一回シンポジウムの導入文でノウルズはこう説明している。「各執筆者は自分の発言より前に書かれたものをすべて見ているが、(第一執筆者［すなわち発議者］以外は）自分より後に書かれたものを見ないことにする。」[4] フィッツジェイムズ・スティーヴン（James Fitzjames Stephen）の発議を承けてカトリックのウォード（W. G. Ward）からコント主義者ハリソン（Frederic Harrison）まで、当時の英国思想のスペクトラムを端から端までカバーする十人の論客を動員した特集の題は「宗教信仰の衰頽が道徳に及ぼす影響」（The Influence upon Morality of a Decline in Religious Belief）というもので、これは、この時期のペイターが何よりも敏感に反応せざるをえない問題だった。[5] 各執筆者が「自分より後に書かれたものを見ない」という決まりからして、統一的な〈結論〉を出すことは端から視野に入っていない。この形式の趣旨は、シンポジウムの参加者に「どこまで行っても調停が望めない彼らの立場をこうした形で公に発表することしか、今のところ彼らにはできない」と納得させることにあったとブラウン（Alan Willard Brown）は言う。[6] こうして、定期刊行物の世界では、党派性からの脱却と、たとえ明確な結論に至らないとしても自由でオープンな議論を戦わせることをよしとする気風が生まれかけていた。針の筵に座った一八七三年以後のペイターにとって、開かれたフォーラムとしての定期刊行物の世界こそ自分の居場所と感じられるようになったのは自然なことだったろう。

多様な意見に向かって開かれたフォーラムというこの言論の場を、この時期、ペイターが大学よりも居心地のよいものと感じていただろうことは疑いの余地がない。というのは、彼は自分の言論活動そのものをまさにそのようなモデルに基づいてイメージしていたからである。『プラトンとプラトン哲学』の第七章で彼は、哲学思想の表現方法として三つの書き物のタイプを列挙している（*Plato and Platonism*, pp. 174–76）。第一は真理の直観的洞察を韻律的形式に載せて表現する「詩」、第二は真理を固定したドグマ的体系として表明する「論文」、そして第三が、自身を含む近代人特有の文学タイプである「エッセイ」。「エッセイ」は認識を「暫定的で半信半疑の状態で」呈示する。なぜなら近代人の精神にとっては「真実なるもの自体が可能性のひとつにすぎず、総括的な結論としてではなく、ある特定の個人的経験の捉えがたい効果としてのみ了解可能」であり、必然的に近代人は「知的探究の結末においても判断の留保以上のものを望めない」からだ。

ペイターの求めた「世間との和解」が成り立つのはまさにそのような「判断の留保」の状態において正面衝突を避けるという形以外になかっただろう。『お気に召すまま』(*As You Like It*) のタッチストンではないが、「『仮に（かり）』(if) の一言こそは唯一の仲裁者、『仮に』に大いなる美徳あり」(5.4.100–101) というわけだ。「判断の留保」の究極の形が、文学形式としてのフィクションであるとすれば、ペイターがキリスト教と異教、秩序と自由の出会いと和解を「ピカルディーのアポロン」と『享楽主義者マリウス』というフィクションの中で彫刻的人物の姿として寓意したことは、計算づくでないとはいえ、結果的に自らの著述の原則に忠実だったと言えるだろう。もっとも、和解すべき相手である「世間」がそれをどう受け取ったかという問に対しては、我々も「判断の留保」をもって臨むしかないのだが。

注

短い序章

（1）Charles Martindale, Stefano Evangelista, and Elizabeth Prettejohn, eds., *Pater the Classicist*, p. v.
（2）Elizabeth Prettejohn, 'Pater on Sculpture', in *Pater the Classicist*, p. 219.
（3）John Edwin Sandys, *A History of Classical Scholarship*, 3 vols.

第一章　オクスフォードのペイター――プラトン論と大学教育の問題

（1）Linda Dowling, 'Foreword' to Laurel Brake and Ian Small, eds., *Pater in the 1990s*, pp. ix–x.
（2）A. C. Benson, *Walter Pater*, pp. 54–58; Thomas Wright, *The Life of Walter Pater*, 1:255–59, 2:10–11.
（3）Billie Andrew Inman, 'Estrangement and Connection: Walter Pater, Benjamin Jowett, and William M. Hardinge', in Brake and Small, eds., *Pater in the 1990s*, pp. 1–20.
（4）例えば、コンロンによる会議報告 (John J. Conlon, 'Brasenose Revisited: Pater in the 80s', p. 30) を見よ。
（5）J. Mordaunt Crook, *Brasenose: The Biography of an Oxford College*, p. 280.
（6）Thomas Wright, *Thomas Wright of Olney* (1936), rpt. in R. M. Seiler, ed., *Walter Pater: A Life*

Remembered, pp. 270–74; Lawrence Evans, ed., *Letters of Walter Pater*, pp. xv–xvii; Michael Levey, *The Case of Walter Pater*, pp. 18–23; Laurel Brake, 'Judas and the Widow: Thomas Wright and A. C. Benson as Biographers of Walter Pater: The Widow', in Philip Dodd, ed., *Walter Pater: An Imaginative Sense of Fact*, p. 43.

(7) サイラーは、初期のペイター伝の著者ベンソンとライトによる恣意的な資料運用を咎めている (Seiler, ed., *Walter Pater: A Life Remembered*, pp. xxiii–xxvi) のだが、その彼自身、「……は疑いえない」('There can be no doubt that . . .') の類のフレーズを連発し (p. xxviii)、当て推量を実践している。

(8) Linda Dowling, *Hellenism and Homosexuality in Victorian Oxford*, pp. 92–103.

(9) Lesley Higgins, 'Jowett and Pater: Trafficking in Platonic Wares', pp. 43–72; Stefano Evangelista, 'Lovers and Philosophers at Once', pp. 230–44; Stefano Evangelista, 'Platonic Dons, Adolescent Bodies', pp. 206–30; Daniel Orrells, *Classical Culture and Modern Masculinity*, chapter 2.

(10) Evangelista, 'Platonic Dons', p. 215.

(11) Benson, pp. 57–58; Mary Duclaux, 'Souvenirs sur Walter Pater', *La Revue de Paris* 1 (15 January 1925), rpt. in Seiler, ed., *Walter Pater: A Life Remembered*, p. 76; Levey, p. 193.

(12) Stefano Evangelista, 'Walter Pater's Teaching in Oxford: Classics and Aestheticism', in Christopher Stray, ed., *Oxford Classics: Teaching and Learning 1800–2000*, p. 72; Evangelista, 'Platonic Dons', p. 217; Higgins, p. 58 も見よ。

(13) William F. Shuter, 'The "Outing" of Walter Pater', pp. 480–506; Kate Hext, *Walter Pater: Individualism and Aesthetic Philosophy*, pp. 109–29. Adam Lee, *The Platonism of Walter Pater*, pp. 8–9 も見よ。

(14) Higgins, p. 59.

(15) William F. Shuter, 'Pater as Don', pp. 43–45.

(16) アダム・リーは、『プラトンとプラトン哲学』が当時のオクスフォードの授業におけるプラトン哲学の教え方に沿うものであり、その章構成はヘーゲルの弁証法的展開に基づくジャウエットの哲学史観に則っていると指摘する (Lee, pp. 207–209)。

(17) John Buchan, 'Nine Brasenose Worthies', p. 24.

(18) Evelyn Abbott and Lewis Campbell, *The Life and Letters of Benjamin Jowett*, 1:271.

(19) 「この本の各章は哲学を学ぶ幾人かの学生に向けた講義として執筆したものである」とペイターは前書きに書いている (Walter Pater, *Plato and Platonism*, p. 1)。シューターによると、これらの講義が全学向けに行なわれたのは一八九一年のヒラリー学期が最初だが、ペイターはブレイズノーズ・カレッジ内で一八八〇年代後半のある時期から同内容の講義を行なっていたらしい (William F. Shuter, 'Pater's Reshuffled Text', p. 501)。

(20) Frances J. Woodward, *The Doctor's Disciples*, p. 143.

(21) Benson, p. 59; Wright, *Life*, 1:236–39; Shuter, 'Pater as Don', p. 49.

(22) John Buchan, *Brasenose College*, p. 139; Buchan, 'Nine Brasenose Worthies', p. 24; Shuter, 'Pater as Don', pp. 49–50.

(23) Crook, *Brasenose*, p. 261; Shuter, 'Pater as Don', p. 53.

(24) Mandell Creighton, 'The Endowment of Research', p. 186.

(25) ちなみに、ペイターは一八六四年にブレイズノーズで非聖職フェローに採用される前に、トリニティとブレイズノーズで聖職就任を条件とするフェローのポストに応募し、落とされている (Laurel Brake, *Walter Pater*, p. viii)。

(26) Mark Pattison, 'Oxford Studies', *Essays*, ed. Henry Nettleship, 2:470–71 を見よ。

(27) 舟川一彦『十九世紀オクスフォード』。

(28) Abbott and Campbell, 1:132. なお、厳密に言えば、オクスフォードで最初にプラトンを講じたのはシューエル (William Sewell) だったらしい (Frank M. Turner, *The Greek Heritage in Victorian Britain*, p. 373 を見よ)。

(29) *Oxford University Statutes*, trans. G. R. M. Ward and James Heywood, 2:166.

(30) 舟川一彦「ヨーロッパの古典、国民の伝統――イギリス古典教育の英国的機能」、『英文科の教養と無秩序』、一一二―一三頁、一一六―一八頁。一八六〇年代以後もオクスフォードでバトラーが存在感を失ったわけではないという見解については Jane Garnett, 'Bishop Butler and the *Zeitgeist*: Butler and the Development of Christian Moral Philosophy in Victorian Britain', pp. 82–83 を見よ。

(31) Mark Pattison, *Suggestions on Academical Organisation, with Especial Reference to Oxford*, p. 292.

(32) ペイターが「結語」の哲学の理論的根拠としてスペンサー、バークリー、カントを意識的に利用していることについては、ドナルド・L・ヒルの注釈 (Walter Pater, *The Renaissance: Studies in Art and Poetry, the 1893 Text*, ed. Donald L. Hill, pp. 452–55) を見よ。インマンは、これらに加えてフィヒテの影響を重く見ている (Billie Andrew Inman, 'The Intellectual Context of Walter Pater's "Conclusion"', in Philip Dodd, ed., *Walter Pater: An Imaginative Sense of Fact*, pp. 12–30)。

(33) Gerald Monsman, *Walter Pater*, p. 57.

(34) 'Poems by William Morris', *Westminster Review*, n.s. 34 (October 1868), 300–12.

(35) 一八六八年十二月二十八日、ブライト (W. Bright) への手紙。John Octavius Johnston, *Life and Letters of Henry Parry Liddon*, pp. 132–33. Cf. M. G. Brock, 'A "Plastic Structure"', p. 25.

(36) その経緯については Cyril Baily, 'The Tutorial System', pp. 125–32 を見よ。

(37) Lawrence Stone, 'Social Control and Intellectual Excellence', pp. 6–13; J. Mordaunt Crook, *Brasenose*, p. 22n.

(38) Dowling, *Hellenism and Homosexuality*, pp. 32–66.

(39) *Plato and Platonism*, p. 101.

(40) 『ルネサンス』出版後の保守派からの総攻撃については以下を見よ。Lawrence F. Schuetz, 'The Suppressed "Conclusion" to *The Renaissance* and Pater's Modern Image', pp. 251–58; Michael Levey, *The Case of Walter Pater*, pp. 142–44; Bernard Richards, 'Walter Pater at Oxford', pp. 8–12; Billie Andrew Inman, *Walter Pater and His Reading, 1874–1877*, pp. xxv–xxvi; Denis Donoghue, *Walter Pater: Lover of Strange Souls*, pp. 55–58. 野末紀之『文体のポリティクス』の第一章と第二章は、文学的観点からペイター攻撃を展開したブキャナン、シャープ、コータプやオクスフォード内部から彼を揶揄・批判した学生たちの論調を要約している。

(41) John Fielder Mackarness, 'A Charge Delivered to the Diocese of Oxford', rpt. in R. M. Seiler, ed., *Walter Pater: The Critical Heritage*, p. 96.

(42) その経緯が Victor Shea and William Whitla, eds., *Essays and Reviews: The 1860 Text and Its Reading*, pp. 775–806 に考証されている。

(43) *Case Whether Professor Jowett in His Essay and Commentary Has So Distinctly Contravened the Doctrines of the Church of England*, p. 6. この文書がピュージーの手になるものであることについては Shea and Whitla, eds., *Essays and Reviews*, p. 783 を見よ。

(44) J. S. Blackie, 'Thoughts on English University Reform', p. 132.

(45) Pattison, *Suggestions*, p. 244.

(46) 「オクスフォードの哲学研究」('Philosophy at Oxford') と題する一八七六年のエッセイの中でパティソンは、現行の古典人文学試験（哲学試験）の問題点を次のように診断している(Mark Pattison, 'Philosophy at Oxford', p. 93)。「この試験に備えるために記憶すべく頭に詰め込まれるのは、事実ではなく概括的公式および言い回し、そして解答であって、それらは出来合いのものとして教師から口移しされるのだ。哲学のみならずあらゆる分野の知的訓練の第一原理は、すべてが生徒自身の知性から引き出されなければならないということなのだが、現行試験ではそれが逆転して、すべてが教師から生徒に注入される。……この制度から学生が得るのは、せいぜいのところ、流行の先端を行く思想に合わせて文章を書き、うけのよい最新の学術書に出てくるフレーズをあやつる技術を身につけたという事実だけである。」

(47) Evans, ed., *Letters of Walter Pater*, p. 69.

(48) 藤沢令夫訳『国家』、上巻二五〇頁。

(49) Benjamin Jowett, *The Dialogues of Plato Translated into English*, 3rd ed., 3:lii; Benjamin Jowett, *The Dialogues of Plato Translated into English*, 1st ed., 2:38.

(50) 『十九世紀オクスフォード』、一三九―四〇頁。

(51) Benjamin Jowett, *College Sermons*, p. 51.

(52) Abbott and Campbell, 1:185–86; 2:135–42.

(53) Peter Hinchliff, *Benjamin Jowett and the Christian Religion*, p. 164 を見よ。

(54) 大学の機能についてのジャウエットとペイターの考え方の違いをエヴァンジェリスタも指摘しているが、ペイターの見解についてはなぜか『プラトンとプラトン哲学』から根拠を挙げず、「オクスフォードの学生や同僚の様々な証言から明らかなように」とだけ説明している (Stefano Evangelista, 'Walter Pater's Teaching in Oxford', in Christopher Stray, ed., *Oxford Classics*, pp. 72–73)。

(55) Jowett, *The Dialogues*, 3rd ed., 1:535.

(56) Abbott and Campbell, 1:126; Geoffrey Faber, *Jowett: A Portrait with Background*, p. 169.

(57) Cf. Richard Jenkyns, *The Victorians and Ancient Greece*, pp. 222–23.

(58) ペイターの〈架空の肖像〉を自伝的事実と結びつけることに総じて慎重な態度をとるゴス (Edmund Gosse) も、「エメラルド・アスウォート」のこの部分の記述は「厳密に自伝的」であろうと推測している (Edmund Gosse, 'Walter Pater: A Portrait', *Critical Kit-Kats*, p. 245)。

(59) Walter Pater, 'Emerald Uthwart', *Imaginary Portraits*, pp. 181.

(60)「男子は思考力がつく前から、固定化された厳しい規則の網の目に捕らえられていた。そしてその中でがんじがらめになって、元々もっていた性向や気質が、発揮されないためにすっかり失われてしまうのだった」(Ernst Curtius, *The History of Greece*, trans. Adolphus William Ward, 1:203)。この借用の事実については、William F. Shuter, *Rereading Walter Pater*, p. 11 から情報を得た。

(61) Lewis Campbell, Review of *Plato and Platonism*, *Classical Review* 7 (1893); rpt. in Seiler, ed., *Walter Pater: The Critical Heritage*, p. 273.

第二章　ギリシア神話論と十九世紀古典学の新方向

(1)『ギリシア研究』に付されたシャドウェルの編者序文 (Walter Pater, *Classical Studies*, ed. Matthew

Polotsky, pp. 349–50) にその概略が説明されているが、ペイター自身による単行本出版の計画とその中止についてシャドウェルは触れていない。

(2) *Birmingham Daily Post*, issue 5423 (Monday, November 29, 1875) の 'Advertisement and Notices' 欄に告知あり。Lawrence Evans, ed., *Letters of Walter Pater*, Letter 31, n2 (p. 21) も見よ。

(3) 『ギリシア研究』に収録されたエッセイのうち、「隠されたヒッポリュトス」への言及は刊行中のオクスフォード版ペイター全集中の *Imaginary Portraits*, ed. Lene Østermark-Johansen に、それ以外の諸篇については同全集中の *Classical Studies*, ed., Matthew Potolsky による。

(4) 第一章二三―二四頁を見よ。

(5) 第一章六―七頁を見よ。

(6) サイラーの表現を借りれば、ジャウエットによる「迫害」以後、ペイターは「人間として臆病で自己抑制的」になり、何かにつけて「オクスフォードのお偉方の承認を欲しがる」ようになった (Seiler, ed., *Walter Pater: A Life Remembered*, pp. xxviii–xxix)。

(7) William F. Shuter, 'Pater as Don', pp. 43–47.

(8) 舟川一彦『十九世紀オクスフォード』、一九、八八、一一二頁を見よ。シューターは、『プラトンとプラトン哲学』の内容と学位試験の設問の間に密接な対応関係があることを指摘し、「扱い方はともかくとして、取り上げるトピックの選択に関して、プラトンとプラトン哲学［原文のまま］はオクスフォード古典人文学学位最終試験特有の論じ方を出発点とし、共有していた」(William Shuter, 'Pater, Wilde, Douglas and the Impact of "Greats"', p. 253) と言っている。アダム・リーも、ジャウエットによる最終試験改革の趣旨を『プラトンとプラトン哲学』に至る著作の中でペイターが忠実に実行したと指摘している (Adam Lee, *The Platonism of Walter Pater*, p. 6)。

（9）*The Renaissance*, p. 149. この一節におけるペイターの自己言及については Stefano Evangelista, 'The German Roots of British Aestheticism: Pater's "Winckelmann", Goethe's Winckelmann, Pater's Goethe', in Rüdiger Görner, ed., *Anglo-German Affinities and Antipathies*, p. 59 を見よ。

（10）マーク・パティソン『ある大学人の回想録』舟川一彦訳、九九頁 (Mark Pattison, *Memoirs*, p. 151)。舟川一彦『十九世紀オクスフォード』、七六―七七頁も見よ。

（11）『ルネサンス』初版出版後のトラウマ的経験がペイターのディオニュソス解釈に落とした影については、Kate Hext, *Walter Pater: Individualism and Aesthetic Philosophy*, pp. 96–102 も見よ。

（12）Billie Andrew Inman, *Walter Pater and His Reading, 1874–1877*, p. xxix. インマンは、一八七四年から七五年にかけての時期にメリメ (Prosper Mérimée) やスタンダール (Stendhal) の小説、そしてシモンズ (John Addington Symonds) の『専制君主の時代』(*The Age of the Despots*) を読んで保守的心情を刺戟されたペイターが、ギリシア神話論において「自身の価値観にも批判者の価値観にも抵触しない理念」を真摯に模索したと指摘している (pp. xxviii–xxix)。メリメ、スタンダール、シモンズへのペイターの反応に関するより詳しい議論については、Billie Andrew Inman, 'The Emergence of Pater's Marius Mentality: 1874–1875', pp. 100–10 を見よ。

（13）舟川一彦『十九世紀オクスフォード』、一〇九―一一三頁を見よ。

（14）Christopher Stray, *Classics Transformed*, p. 117.

（15）『ルネサンス』初版出版後に起こったペイターの「文化」概念の修正、考古学や人類学の受容、そして『ギリシア研究』以外の著作における人類学の利用については、William F. Shuter, *Rereading Walter Pater* の第五章を見よ。

（16）Lewis R. Farnell, *An Oxonian Looks Back*, p. 116; Lene Østermark-Johansen, *Walter Pater and the*

Language of Sculpture, pp. 217–18; Ian Ross, *Oscar Wilde and Ancient Greece*, pp. 37–38 も見よ。

（17）Stray, *Classics Transformed*, pp. 147, 151, 206.

（18）Percy Gardner, *Oxford at the Cross Roads*, p. viii.

（19）R. M. Seiler, ed., *Walter Pater: The Critical Heritage*, pp. 331–37.　一八七九年に初期ギリシア彫刻についてのペイターの講義を聴講したファーネルは、オクスフォード大学の古典学教育に考古学を導入した草分け的な講義としてこれにリップサービスを与えた上で、彼の講義には「考古学も実質的な教授内容もなかった」し、「ドイツ的な意味で『学問的』といえるようなものではなく（'unscientific'）」、あったのは「学問のかすかな芳香」（'faint fragrance'）だけだったと回顧している (Farnell, pp. 76–77)。

（20）十九世紀前半以後のドイツとイギリスにおける神話学や人類学の成果に関するペイターの知識については、Steven Connor, 'Myth as Multiplicity in Walter Pater's *Greek Studies* and "Denys l'Auxerrois"', pp. 28–36 および Steven Connor, 'Conclusion: Myth and Meta-myth in Max Müller and Walter Pater', pp. 207–208 を見よ。

（21）Shuter, *Rereading Walter Pater*, pp. 100–106.

（22）ショーン・マリーは、大学外で発展成長したがゆえにいわば「在野の学問」であった考古学（特にチャールズ・ニュートンの発掘成果）をペイターが積極的に受容し、それによって古典文献学に基づく既成のヘレニズムと一線を画する新たな神話解釈と「進化論的」ヘレニズムを創造したと指摘する (Shawn Malley, 'Disturbing Hellenism: Walter Pater, Charles Newton, and the Myth of Demeter and Persephone', in Laurel Brake, Lesley Higgins and Carolyn Williams, eds., *Walter Pater: Transparencies of Desire*, pp. 90–106)。

（23）Stefano Evangelista, '*Greek Studies* and Pater's Delayed Meaning', pp. 175–78 を見よ。プレットジョン

は、ペイターの知識の程度がプロの考古学者よりも低かったという通説に反論して、彼らとペイターの差異を、科学的正確さを求める専門学者と美的・人文的価値を重視するヒュマニストの違いに見出している (Elizabeth Prettejohn, 'Pater on Sculpture', in Charles Martindale, Stefano Evangelista, and Elizabeth Prettejohn, eds., *Pater the Classicist*, pp. 219–39)。さらに言えば、ペイターが関心を向けた二つの神話がともに〈死んで甦る植物神〉に関わるものであるという点で、後のフレイザー (James George Frazer) の『金枝篇』(*The Golden Bough*) を予見しているという見方もできるだろう。また、同じ論文の中でエヴァンジェリスタは、祭儀 (ritual) の重要性の認識と解釈においてペイターがJ・E・ハリソン (Jane Ellen Harrison) をはじめとする後のケンブリッジ学派の人類学の発想を二十年以上前に先取りしていたと指摘している (p. 178)。アルバート・ヘンリクス (Albert Henrichs) は、十九世紀から二十世紀にかけてのディオニュソス解釈の変遷をわかりやすく整理した講演の中で、ニーチェ (Friedrich Wilhelm Nietzsche) 風の美学的洗練とケンブリッジ学派的な人類学への志向の中間に位置することによってペイターは「明るい」ディオニュソスと「暗い」ディオニュソスの両面に目を配ることができたとして、彼のディオニュソス研究に異例の高い評価を与えている (Albert Henrichs, 'Loss of Self, Suffering, Violence: The Modern View of Dionysus from Nietzsche to Girard', p. 237)。

(24) Matthew Arnold, 'Pagan and Mediaeval Religious Sentiment', p. 222.

(25) エヴァンジェリスタはペイターの神話論をヴィンケルマンおよびアーノルドのギリシア観に対する「訂正」(correction) と見做している (Stefano Evangelista, *British Aestheticism and Ancient Greece*, pp. 36–41)。

(26) Walter Pater, *The Renaissance*, ed. Donald L. Hill, p. 178. ペイターのディオニュソス観とニーチェの見

解との比較、およびヴィンケルマンの視野の限界に関するペイターの認識については、Mark Boulby, 'Nietzsche and the *Finis Latinorum*', pp. 228–30; Henrichs, pp. 237–39; Robert and Janice A. Keefe, *Walter Pater and the Gods of Disorder*, pp. 55–59; Stefano Evangelista, 'A Revolting Mistake: Walter Pater's Iconography of Dionysus', p. 202; Robert Fowler, 'Pater and Greek Religion', in Charles Martindale, Stefano Evangelista, and Elizabeth Prettejohn, eds., *Pater the Classicist*, pp. 250–51 を見よ。

(27) 「ヴィンケルマン」に付したヒルの注 (*The Renaissance*, pp. 428–30) を見よ。

(28) George Grote, *A History of Greece*, vol. 1, pp. 38, 39, 41.

(29) *Plato and Platonism*, p. 227.

(30) Edward Burnett Tylor, *Primitive Culture*, 1:279. マックス・ミュラーのエウヘメリズム批判については F. Max Müller, 'The Mythology of the Greeks', *Lectures on the Science of Language*, 6th ed., vol. 2, 433–45 を見よ。

(31) 例えば F. Max Müller, 'Comparative Mythology', *Chips from a German Workshop*, 2nd ed., vol. 2, pp. 58–62; Tylor, 1:305; Pater, *Classical Studies*, p. 92 を見よ。そもそもペイターがタイラーから借用した「残存」の観念に最初に言及したのは、一八七四年四月に『フォートナイトリー・リヴュー』に発表した「ワーズワース論」('On Wordsworth') の中で、自然界の事物に霊的生命を見て取るワーズワースの心性を「原始状態……の『残存』に似たもの」として説明し、それをギリシアの神々を生み出した原始人の心の状態になぞらえた時だった ('Wordsworth', *Appreciations*, pp. 47–48)。エヴァンジェリスタはペイターの神話論そのものが、自然の事物と人間の魂の共感関係を詩の根源とするロマン主義詩人（特にシェリー）の考え方に基づいていると主張している (Stefano Evangelista, '"Outward Nature and the Moods of Men": Romantic Mythology in Pater's Essays on Dionysus and Demeter', in

Laurel Brake, Lesley Higgins and Carolyn Williams, eds., *Walter Pater: Transparencies of Desire*, pp. 107–18)。

(32) 例えば、テオクリトスの詩に残存する原始的心性の痕跡についてのペイターの言及 (*Classical Studies*, pp. 77–78) を見よ。

(33) 第三章八三―八五頁を見よ。エスターマーク＝ヨハンセンは、例外的に、この理論にイギリスの考古学者ニュートンによる考古学の三種の研究対象――「口承されたもの、書かれたもの、物体としてあるもの」――についての発言の反響を読み取っている。Lene Østermark-Johansen, *Walter Pater and the Language of Sculpture*, p. 232; Charles Thomas Newton, 'On the Study of Archæology', p. 3 を見よ。

(34) John B. Vickery, *The Literary Impact of* The Golden Bough, pp. 18–19.

(35) Max Müller, 'Comparative Mythology', p. 11; Max Müller, 'The Mythology of the Greeks', pp. 421–23.

(36) タイラーの「文化」概念が含意している近代優越主義については、George W. Stocking, Jr., 'Matthew Arnold, E. B. Tylor, and the Uses of Invention', *Race, Culture, and Evolution*, pp. 69–90 を見よ。

(37) ヴィクトリア時代の神話学と進歩思想の関係については、Janet Burstein, 'Victorian Mythography and the Progress of the Intellect', pp. 309–24 を見よ。Robert Fowler, pp. 241–55 は、同時代の人類学者の洞察を利用しながらタイラーやフレイザーのような近代優越主義に同調せず、「歴史横断的」('transhistorical') な視野の中で古代ギリシア人と近代人の精神の共通基盤を追求したという点にペイターの神話論の意義を見出している（特に pp. 247–48 を見よ）。ペイターがマックス・ミュラーの神話「学」を利用しながら、その趣旨に懐疑的であったという指摘については、Stefano Evangelista, 'Towards the *Fin de Siècle*: Walter Pater and John Addington Symonds', in *The Oxford History of*

Classical Reception in English Literature, vol. 4, ed. Norman Vance and Jennifer Wallace, p. 663 を見よ。

(38) この段階で、デメテルに聖母マリアのイメージを纏わせるために、「デメテルに捧げるホメロス讃歌」を翻訳する際にペイターが原文中の「暗色の外套」というフレーズをあえて「青い頭巾」(*Classical Studies*, p. 61) や「青い外衣」(p. 62) と訳したことをインマンは指摘している (Inman, *Walter Pater and His Reading, 1874–1877*, pp. 174–75)。

(39) このようなペイターの歴史観については Charles Martindale, 'Introduction: Pater and Antiquity', in Charles Martindale, Stefano Evangelista, and Elizabeth Prettejohn, eds., *Pater the Classicist*, pp. 15–16 を見よ。ペイターによるパリンプセストとしてのデメテル神話解釈については Keefe, p. 76 を見よ。

(40) Rachel E. Waterhouse, *The Birmingham and Midland Institute, 1854–1954*, p. 45.

(41) 以下の概観は、Edwin Mallard Everett, *The Party of Humanity*, ch. 1; 'The Fortnightly Review, 1865–1900', in Walter E. Houghton, ed., *The Wellesley Index to Victorian Periodicals*, pp. 2:173–83; Stefan Collini, *Public Moralists*, pp. 50–57 を主要な情報源としている。

(42) 寄稿先変更の動機に関するいくつかの推測については、Evans, ed., *Letters*, Letter 17 (p. 11), n. 1; Robert M. Seiler, *The Book Beautiful*, p. 7; Laurel Brake, 'Walter Pater and the New Media: The "Child" in the House', p. 30 を見よ。

(43) F. W. Hirst, *Early Life and Letters of John Morley*, 1:240.

(44) Seiler, ed., *Walter Pater: The Critical Heritage*, pp. 63–71.

(45) ヘレン・スモールは、モーリーが編集者としての権限を主張して『フォートナイトリー』誌上に自身の思想傾向を色濃く反映させるようになった背景として、出版社の財政事情、編集者と経営陣や印刷業者との関係等、雑誌出版を取り巻く形而下的諸事情を詳しく分析している (Helen Small,

'Liberal Editing in the *Fortnightly Review* and the *Nineteenth Century*', pp. 57–66)。

(46) John Morley, 'Valedictory', *Fortnightly Review* 38 o.s., 32 n.s. (October 1882); rpt. in his *Studies in Literature*, p. 342.

(47) ブレイクは、それまで綜合書評誌／雑誌の想定読者層から排除されていた「教養ある女性」を取り込むというモーリーの方針にペイターのギリシア神話論は合致しており、結果的にギリシア研究を「学校やアカデミー、学術書の世界から世間一般の土俵へと移し、より多くの人々の目に触れ、吟味しやすいものにした」と指摘している (Laurel Brake, *Print in Transition, 1850–1910*, pp. 258, 267)。

(48) ちなみに、一八八八年以降のペイターの『フォートナイトリー』への寄稿は、すべてフランク・ハリス (Frank Harris) が編集長を務めていた時期に収まる。

(49) John Morley, *Recollections*, 1:148. Hirst, 2:1–3; Frances Wentworth Knickerbocker, *Free Minds*, pp. 93–94 も見よ。'The Fortnightly Review, 1865–1900', in Houghton, ed., *The Wellesley Index to Victorian Periodicals*, 2:177 は、この時期のモーリーおよび『フォートナイトリー』にチェインバレンの直接的な影響が及んだことを指摘している。バーミンガムの非国教徒を中心とするラディカル派人脈をバックにしたチェインバレンが（自由党を含めた）中央政界の指導者たちから警戒される存在であったことについては、Roger Ward, *City-State and Nation*, pp. 72–73, 79–80 を見よ。

(50) Waterhouse, pp. 45–46, 183.

(51) セバスチャン・ラクールは、人類学や民族学が十九世紀末になっても「アマチュアの関心事であり、大学内部にはわずかしか食い込めなかった」ことを指摘し、その結果として、一八九六年にタイラーがオクスフォード大学に役職を得たのちも「人類学に基づいて宗教を語るヴィクトリア時代の理論家たちは、大学だけでなく、教養あるミドル・クラスの人々に文系理系の知識を取り混ぜて提供する『フレイザーズ・マガジン』や『コーンヒル・マガジン』、『フォートナイトリー・リヴュー』その他の定期刊行物の読者に向かって語りかけた」と書いている (Sebastian Lecourt, *Cultivating Belief*, pp. 11–12)。

(52) Walter Pater, *Imaginary Portraits*, pp. 85, 87–88.

第三章　彫刻は倫理的観念の伝達者たりうるか

(1) Matthew Potolsky, 'Textual Introduction' to *Classical Studies* by Walter Pater, pp. 47–48.

(2) Linda Dowling, 'Walter Pater and Archaeology'.

(3) Robert and Janice A. Keefe, *Walter Pater and the Gods of Disorder*, p. 115. アポロン信仰とキリスト教の関係づけについては同書 p. 109 を見よ。

(4) *Classical Studies*, pp. 64–65, 82.

(5) ここで、この理論について一九八八年のエッセイの中でダウリングが展開した奇想天外な解釈に一言触れておかなければならない。『ルネサンス』のスキャンダル以後、ペイターは宗教的保守派の神経を逆撫ですることをできる限り避けるために、新興科学たる考古学の知見を援用しつつ自らの信条を「宗教的な仮面」を用いて婉曲に表現する工夫をしたが、その信条はあくまでも感覚を至上とする物質主義のそれであり、その顕著なあらわれがこの三段階の図式を説明する際に彼が用いた二つの形容詞なのだとダウリングは指摘する。語源との関連にも触れながら彼女が結論するには、ペイターが第一段階を呼ぶのに用いた 'mystical' という形容詞は、実は「神秘的」ではなく「土っぽい」(‘earthy’)という意味であり、第三段階で神話が到達する‘ethical’な境地とは「倫理的」ではなく「美的」(‘aesthetic’)あるいは「感覚的」(‘sensuous’)な境地の謂である(Linda Dowling, ‘Walter Pater and Archaeology’, p. 219)。ここでこの曲藝のような解釈を細かく吟味する余裕はない。ただ、ダウリングの論証は飛躍に飛躍を重ねたものであり、論理的脈絡をもって理解できるようなものではないとだけ言っておきたい。例えば彼女は‘mystical’を「大地」や「土」と関連づける根拠のひとつとして、プレラー(Ludwig Preller)が『デメテルとペルセポネ』(*Demeter und Persephone*)で‘mystisch’という語を使った」という事実を指摘し、続けて「プレラー本に依拠してペイターが書いた一節には到るところに‘mystic’やその同音異義語［同義語?］、同語源語が鳴り響いている」と書いている(pp. 216–17)。が、そう言いながら肝心のプレラーの文章を引用していないので、彼が使ったという‘mystisch’がそのように解釈できるのかどうか確かめようがなく、続けて彼女が引用している(‘mystic’等の語が「鳴り響いている」という)ペイターの文中にある当該の語句——‘mystical instincts’や‘mystical surmise’——が「土」に関連した意味をあらわしているとは到底考えることができない。

　ペイターは「デメテルとペルセポネの神話」の中で(一八九五年版のために加筆された部分も含めると)‘mystical’という語を計十二回使っているが、そのほとんどが知覚または意識のありように関わるものであって、ダウリングが主張するように対象の属性をあらわすというようなものではない。例えば、まさに三段階の図式そのものを説明する文の中で、(九五年版では)この形容詞は「なかば無意識の」(‘half-conscious’)や「本能的な」(‘instinctive’)と同格に置かれている(*Classical Studies*, p. 189)し、「推測」(‘surmise’)や「察知」(‘divination’)を修飾するのに用いられている場合もある(p. 70)。

ペイターのいう 'ethical' が「抹香くさい、道学者な態度」を意味するのでないことは言うまでもないが、これが「精神的」あるいは「倫理的」という意味（Robert Fowler, 'Pater and Greek Religion', in Charles Martindale, Stefano Evangelista, and Elizabeth Prettejohn, eds., *Pater the Classicist*, pp. 243–44を見よ）でないのだとすれば、前章（六四頁）に引用したこのエッセイの結末部で、第三段階に至ったギリシア宗教を「純粋な観念の宗教」と呼んだり、その観念が「近代人を今も厳粛な気持ちにさせる力」をもっているとしたりするペイターの趣旨とまったく整合性が見出せなくなってしまうだろう。

（6）Anthony Ward, *Walter Pater*, pp. 56–57. ヘーゲルとペイターの記述の詳細な照合については *The Renaissance*, ed. Hill の注を見よ。

（7）ヘーゲル『美學』第一巻の上、一五八―六〇頁、第二巻の中、一〇九五―一〇三頁。

（8）*The Renaissance*, pp. 167–69.

（9）アレックス・ポッツは、「ヴィンケルマン」においてペイターが彫刻の限界とともに古代ギリシア人の精神の限界――彼らが人類の「子供時代」に生きていたこと――を認めた、と指摘している（Alex Potts, *Flesh and the Ideal*, p. 250）。

（10）Steven Connor, 'Myth as Multiplicity in Walter Pater's *Greek Studies* and "Denys l'Auxerrois"', p. 29.

（11）Billie Andrew Inman, *Walter Pater and His Reading, 1874–1877*, pp. 177–78.

（12）Matthew Potolsky, 'Critical Introduction' to *Classical Studies* by Walter Pater, p. 21.

（13）Ludwig Preller, *Griechische Mythologie*, I:1–2.

（14）Inman, *Walter Pater and His Reading, 1874–1877*, p. xi.

（15）Inman, *Walter Pater and His Reading, 1874–1877*, p. 169.

(16) C. O. Müller, *Ancient Art and Its Remains*, p. 10.

(17) Sir Joshua Reynolds, *Discourses*, ed. Pat Rogers, p. 198 (Discourse 7).

(18) Turner, *The Greek Heritage*, pp. 42–56.

(19) Connor, 'Myth as Multiplicity', pp. 29–31.

(20) Inman, *Walter Pater and His Reading, 1874–1877*, pp. 150–53 を見よ。

(21) C. T. Newton, *A History of Discoveries at Halicarnassus, Cnidus, and Branchidae*, vol. 2, pt. 2, 381–82.

(22) Jonah Siegel, 'Art and the Museum', in Elicia Clements and Lesley J. Higgins, eds., *Victorian Aesthetic Conditions*, p. 23.

(23) Samuel Wright, *An Informative Index to the Writings of Walter H. Pater*.

(24) 「一八七七年を境とする数年の間、ペイターにとっては、三つの問題系、すなわち、諸芸術の間の関係、ギリシア研究および神話への関心、そして『想像の肖像画』という表現スタイル、これら三つの問題系が、たがいに結びついていた」（松村伸一「ウォルター・ペイターとエクフラーシス」、富士川義之他『文学と絵画――唯美主義とは何か』、七六頁）。エヴァンスは「ジョルジョーネ派」の第一稿が一八七二年にはすでに書かれていたと推測している (Evans, ed., *Letters of Walter Pater*, p. 8, n. 1) が、仮にそうだとして、この「第一稿」と一八七七年に出版されたテクスト――特に冒頭の理論的な部分――の異同については、誰も知ることができない。それに対して、ヘイドン・ウォードは、一八七二年に存在していた当該の手稿が「ジョルジョーネ派」ではなく、一八八九年に『フォートナイトリー・リヴュー』に発表される「ジョルダーノ・ブルーノ」(Giordano Bruno) であった可能性が捨てきれない（というよりはむしろ濃厚である）ことを匂わせている (Hayden Ward, 'The "Paper in MS.": A Problem in Establishing the Chronology of Pater's Composition', in Philip Dodd, ed.,

Walter Pater: An Imaginative Sense of Fact, 81–83)。

（25）矢本貞幹『現代イギリス批評の先駆』、一〇三頁。

（26）ただし、ミュラーはこの語を〈実用性と藝術性を兼ね備えた作品（容器、道具類、住居、集会所等）の生産を目的とする藝術活動〉と定義しており、ペイターの用法はこれとは若干異なっている。C. O. Müller, *Ancient Art and Its Remains*, p. 7 を見よ。

（27）C. O. Müller, *The History and Antiquities of the Doric Race*, 2 vols. ペイターは『プラトンとプラトン哲学』の中でも再三にわたってイオニア対ドーリス、そしてそれと同じ意味で「遠心的傾向」対「求心的傾向」の図式に言及している。*Plato and Platonism*, pp. 22–26, 102–105, 238 を見よ。

（28）富士川義之『ある唯美主義者の肖像』、二二四―二三二頁。

（29）Walter Pater, 'The Parthenon', bMS Eng 1150 (14).

（30）オクスフォード版ペイター全集では手稿を集めた巻の刊行が予定されている。この巻が何らかの新しい情報を提供してくれることが期待される。

（31）Lene Østermark-Johansen, 'Sculpture, Style and Pater's Imaginative Sense of Touch', in Elicia Clements and Lesley J. Higgins, eds., *Victorian Aesthetic Conditions*, p. 113.

（32）Walter Pater, *Marius the Epicurean*, I:142, II:26.

（33）John Milton, 'Areopagitica', ed. William Haller, p. 311.

（34）「デメテルとペルセポネ」でペイターが神話の三段階発展の理論を説明する際に用いた「倫理的」という語についてのファウラーの指摘は的を射ている。「ここでいう『倫理的』という形容詞は、プロテスタントの伝統の中で用いられる『霊的』('spiritual') と重なる部分が大きい。心の内における懐疑や罪との不断の戦いが信仰の一部をなすと考えられているのだ」(Robert Fowler, 'Pater and Greek

Religion', in Charles Martindale, Stefano Evangelista, and Elizabeth Prettejohn, eds., *Pater the Classicist*, p. 244)。

(35) Walter Pater, *Imaginary Portraits*, ed. Lene Østermark-Johansen, pp. 199–212.

(36) 「世界の真の主が十字架の旗を天の城にうちたて、偶像破壊に血道をあげる狂信者ども、つまり僧侶の黒い一味があらゆる寺院を破壊し、追放された神々をさらに火と呪いのことばをもって追いかけまわしたとき、異教の神々は……逃亡を余儀なくされ、可能な限りの覆面をして人里離れたかくれ家に住まいを求めなければならなかった。これらの亡命者の多くは気の毒にも雨露をしのぐ軒も、神としての食物もなく、今や、せめて日々の糧を得るために人間庶民の手仕事をしなくてはならなくなった。そういう事情のもとで、自分の聖なる社を没収された神々のうちには、わがドイツで木こりとして日雇い労働をし、ネクターの代りにビールを飲まなければならなくなった神もある」(ハインリヒ・ハイネ「流刑の神々」、一二七―一二八頁)。

(37) ペイターは「ピコ・デッラ・ミランドラ」('Pico della Mirandora') の冒頭部分でハイネの「流刑の神々」('Gods in Exile') の一節を引用し、それを〈すべての宗教が人間精神の自然な所産として同じルーツをもつ〉という論旨に結びつけている (*The Renaissance*, pp. 24–25)。シューターは、中世に異教の神々が出現するという設定に、「中世キリスト教の感受性をギリシア人自身が先取りしていたという含意」を読み取っている (William Shuter, 'History as Palingenesis in Pater and Hegel', p. 415r)。

(38) 「アポリオン」はヨハネの黙示録に出てくる地獄の使いの名であり、バニヤン (John Bunyan) の『天路歴程』(*Pilgrim's Progress*) の「屈辱の谷」(the Valley of Humiliation) で主人公クリスチャンと戦う敵役の名でもある。

(39) ペイターはこれらの事実に関する情報をクルティウスをはじめとするドイツの歴史家たちに負うて

いる。Curtius, *The History of Greece*, 2:78, 2:24; Inman, *Walter Pater and His Reading, 1874–1877*, pp. 137, 250; William Shuter, 'Pater's "Grudge against Apollo"', p. 181 を見よ。

(40) この点に関してはインマンの説明が明快である。「時折言われてきたように、ペイターが創造的対立関係の中でディオニュソスを一方と、そしてアポロンを他方と紐づけているというのは、的確な言い方ではない。ペイターの著作の中でディオニュソスとアポロンは対立者ではない。両者はいずれも二重性をもつ神で、自身の中に対立を内包しているのだ。たしかに、「アイギナの大理石像」の冒頭でペイターはイオニア的特徴とドーリス的特徴を数え上げ、後者を「アポロン信仰」と結びつけてはいる。が、彼の著作全体の中で見れば、ドーリスのアポロンはアポロンの一面にすぎず、テーバイのディオニュソスはディオニュソスの一面にすぎない。ディオニュソスはアポロンの兄弟であって、対抗者ではない。」(Inman, *Walter Pater and His Reading, 1874–1877*, p. xxxvi)

(41) Gerald Cornelius Monsman, *Pater's Portraits*, pp. 187–88; Keefe, pp. 140–41 を見よ。

(42) この重要な指摘はインマンによるものである。Billie Andrew Inman, 'The Emergence of Pater's Marius Mentality', p. 115 を見よ。

判断の留保——結びに代えて

(1) A. C. Benson, *Walter Pater*, p. 83.

(2) 一八六〇年に三大書評誌の購読部数が号あたりそれぞれ約七千部、八千部、四千部であったのに対して、同じ年の『マクミランズ』は各月二万部、『コーンヒル』は八万部だったと推計されている

(Alvar Ellegård, 'The Readership of the Periodical Press in Mid-Victorian Britain', pp. 13, 18)。Richard D. Altick, *The English Common Reader*, pp. 357–60 も見よ。

（3）Laurel Brake, 'Theories of Formation: The *Nineteenth Century*', p. 20r.

（4）James Knowles, Note to 'A Modern "Symposium"' by James Fitzjames Stephen, et al., *Nineteenth Century* 1 (1877), 331n. 私の注目をこの特集に向けてくれたのは、元同僚の永富友海教授である。

（5）論客のひとり、ラウンデル・パーマー (Roundell Palmer, 1st Earl of Selborne) は、あたかも『マリウス』の主題を先取りするかのように、古代ローマの道徳状態を現代の思想状況と重ね合わせてもろともに批判するという論法をとっていた。これがペイターの関心を引かなかったはずはないだろう。「ギリシアの哲学を知らなかった古い共和政の時代、ローマ人の徳性をポリュビオスは称賛し、それを宗教信仰が彼らの間に行き渡り影響力を発揮しているからにほかならないと断じている。ローマ人の教養がエピクロスの不信心で不可知論的な物質主義の色合いを帯びるようになってから、彼らの道徳は『ローマ人への手紙』の第一章やユウェナリウスの『諷刺詩集』に描かれているような状態に堕してしまった。思うに、現代において（ある種の人々に）宗教信仰に取って代わる運命にあると思われている類の哲学というのも、このエピクロス哲学とほとんど見分けがつかない代物なのではないだろうか」(James Fitzjames Stephen, et al., 'A Modern "Symposium"', *Nineteenth Century* 1 [1877], 334)。

（6）Alan Willard Brown, *The Metaphysical Society*, p. 190.

引証文献表

Abbott, Evelyn and Lewis Campbell. *The Life and Letters of Benjamin Jowett, M. A., Master of Balliol College, Oxford*. 2 vols. London: John Murray, 1897.

Altick, Richard D. *The English Common Reader: A Social History of the Mass Reading Public, 1800–1900*. 2nd ed. Columbus: Ohio State University Press, 1998.

Arnold, Matthew. 'Pagan and Mediæval Religious Sentiment'. *The Complete Prose Works of Matthew Arnold*. Ed. R. H. Super. Vol. 3. Ann Arbor: University of Michigan Press, 1962. Pp. 212–31.

Baily, Cyril. 'The Tutorial System'. In *Handbook to the University of Oxford*. Oxford: Clarendon Press, 1932. Pp. 125–32.

Benson, A. C. *Walter Pater*. English Men of Letters. London: Macmillan 1906.

Blackie, John Stuart. 'Thoughts on English University Reform'. *Macmillan's Magazine* 45 (December 1881): 125–34.

Boulby, Mark. 'Nietzsche and the *Finis Latinorum*'. In James C. O'Flaherty, Timothy F. Sellner, and Robert M. Helm, eds. *Studies in Nietzsche and the Classical Tradition*. Chapel Hill: University of North Carolina Press, 1976. Pp. 214–33.

Brake, Laurel and Ian Small, eds. *Pater in the 1990s*. Greensboro, NC: ELT Press, 1991.

Brake, Laurel, Lesley Higgins and Carolyn Williams, eds. *Walter Pater: Transparencies of Desire*.

Greensboro, NC: ELT Press, 2002.

Brake, Laurel. *Print in Transition, 1850–1910: Studies in Media and Book History*. Basingstoke: Palgrave, 2001.

——. 'Theories of Formation: The *Nineteenth Century*: Vol. I, No. 1, March 1877. Monthly. 2/6', *Victorian Periodicals Review* 25 (1992): 16–21.

——. *Walter Pater*. Writers and their Work. Plymouth: Northcote House, 1994.

——. 'Walter Pater and the New Media: The "Child" in the House'. In Anne-Florence Gillard-Estrada, Martine Lambert-Charbonnier, and Charlotte Ribeyrol, eds. *Testing New Opinions and Courting New Impressions: New Perspectives on Walter Pater*. New York: Routledge, 2018. Pp. 15–36.

Brock, M. G. 'A "Plastic Structure"'. In M. G. Brock and M. C. Curthoys, eds. *Nineteenth-Century Oxford, Part 2*. Vol. 7 of The History of the University of Oxford. Oxford: Clarendon Press, 2000. Pp. 3–66.

Brown, Alan Willard. *The Metaphysical Society: Victorian Minds in Crisis, 1869–1880*. New York: Columbia University Press, 1947.

Buchan, John. *Brasenose College*. London: F. E. Robinson, 1898.

——. 'Nine Brasenose Worthies'. In *Brasenose College Quatercentenary Monographs*. Oxford: Oxford Historical Society, 1909. Vol. 2, pt. 2. Monograph 14.2.A. Pp. 3–30.

Burstein, Janet. 'Victorian Mythography and the Progress of the Intellect'. *Victorian Studies* 18 (1975): 309–24.

Case Whether Professor Jowett in His Essay and Commentary Has So Distinctly Contravened the Doctrines of the Church of England, That a Court of Law Would Pronounce Him Guilty; with the Opinion of the

Queen's Advocate Thereon. London: Rivingtons, 1862.

Clements, Elicia and Lesley J. Higgins, eds. *Victorian Aesthetic Conditions: Pater Across the Arts*. Basingstoke: Palgrave Macmillan, 2010.

Collini, Stefan. *Public Moralists: Political Thought and Intellectual Life in Britain, 1850–1930*. Oxford: Clarendon Press, 1991.

Conlon, John J. 'Brasenose Revisited: Pater in the 80s'. *English Literature in Transition, 1880–1920* 32 (1989): 27–32.

Connor, Steven. 'Conclusion: Myth and Meta-myth in Max Müller and Walter Pater'. In J. B. Bullen, ed. *The Sun is God: Painting, Literature, and Mythology in the Nineteenth Century*. Oxford: Clarendon Press, 1989. Pp. 199–222.

——. 'Myth as Multiplicity in Walter Pater's *Greek Studies* and "Denys l'Auxerrois"'. *Review of English Studies*, n.s. 34 (1983): 28–42.

Creighton, Mandell. 'The Endowment of Research'. *Macmillan's Magazine* 34 (June 1876): 186–92.

Crook, J. Mordaunt. *Brasenose: The Biography of an Oxford College*. Oxford: Oxford University Press, 2008.

Curtius, Ernst. *The History of Greece*. Trans. Adolphus William Ward. 5 vols. London: Richard Bentley, 1868–73.

Dodd, Philip, ed. *Walter Pater: An Imaginative Sense of Fact*. London: Frank Cass, 1981.

Donoghue, Denis. *Walter Pater: Lover of Strange Souls*. New York: Alfred A. Knopf, 1995.

Dowling, Linda. *Hellenism and Homosexuality in Victorian Oxford*. Ithaca, NY: Cornell University Press, 1994.

——. 'Walter Pater and Archaeology: The Reconciliation with Earth'. *Victorian Studies* 31 (1988): 209–31.

Ellegård, Alvar. 'The Readership of the Periodical Press in Mid-Victorian Britain: II. Directory'. *Victorian Periodicals Newsletter* 13 (1971): 3–22.

Evangelista, Stefano. *British Aestheticism and Ancient Greece: Hellenism, Reception, Gods in Exile*. Basingstoke: Palgrave Macmillan, 2009.

——. 'The German Roots of British Aestheticism: Pater's "Winckelmann", Goethe's Winckelmann, Pater's Goethe'. In Rüdiger Görner, ed. *Anglo-German Affinities and Antipathies*. München: IUDICIUM Verlag, 2004. Pp. 57–70.

——. '*Greek Studies* and Pater's Delayed Meaning'. *English Literature in Transition, 1880–1920* 57 (2014): 170–83.

——. '"Lovers and Philosophers at Once": Aesthetic Platonism in the Victorian *Fin de Siécle*'. *Yearbook of English Studies* 36 (2006): 230–44.

——. 'Platonic Dons, Adolescent Bodies: Benjamin Jowett, John Addington Symonds, Walter Pater'. In George Rousseau, ed. *Children and Sexuality: From the Greeks to the Great War*. Basingstoke: Palgrave Macmillan, 2007. Pp. 206–30.

——. 'A Revolting Mistake: Walter Pater's Iconography of Dionysus'. *Victorian Review* 34 (2008): 200–18.

——. 'Towards the *Fin de Siècle*: Walter Pater and John Addington Symonds'. In *The Oxford History of Classical Reception in English Literature*. Vol. 4. Ed. Norman Vance and Jennifer Wallace. Oxford: Oxford University Press, 2015. Pp. 643–68.

——. 'Walter Pater's Teaching in Oxford: Classics and Aestheticism'. In Christopher Stray, ed. *Oxford*

Classics: Teaching and Learning 1800–2000. London: Duckworth, 2007. Pp. 64–77.

Evans, Lawrence, ed. *Letters of Walter Pater*. Oxford: Clarendon Press, 1970.

Everett, Edwin Mallard. *The Party of Humanity: The* Fortnightly Review *and Its Contributors, 1865–1874*. Chapel Hill: University of North Carolina Press, 1939.

Faber, Geoffrey. *Jowett: A Portrait with Background*. London: Faber and Faber, 1957.

Farnell, Lewis R. *An Oxonian Looks Back*. London: Martin Hopkinson, 1934.

[Fujikawa, Yoshiyuki.] 富士川義之『ある唯美主義者の肖像——ウォルター・ペイターの世界』東京、青土社、一九九二年。

[Funakawa, Kazuhiko.] 舟川一彦『英文科の教養と無秩序——人文的知性の過去・現在・（未来?）』東京、英宝社、二〇一二年。

[——.] 舟川一彦『十九世紀オクスフォード——人文学の宿命』東京、Sophia University Press 上智大学、二〇〇〇年。

Gardner, Percy. *Oxford at the Cross Roads: A Criticism of the Course of Litteræ Humaniores in the University*. London: Adam and Charles Black, 1903.

Garnett, Jane. 'Bishop Butler and the *Zeitgeist*: Butler and the Development of Christian Moral Philosophy in Victorian Britain'. In Christopher Cunliffe, ed. *Joseph Butler's Moral and Religious Thought: Tercentenary Essays*. Oxford: Clarendon Press, 1992. Pp. 63–96.

Gosse, Edmund. *Critical Kit-Kats*. London: William Heineman, 1896.

Grote, George. *A History of Greece*. Vol. 1. 3rd ed. London: John Murray, 1851.

[Hegel, Georg Wilhelm Friedrich.] ヘーゲル『美學』竹内敏雄譯　全三巻（ヘーゲル全集第十八—二十巻）

東京、岩波書店、一九五六―八一年。

[Heine, Heinrich.] ハインリヒ・ハイネ「流刑の神々」。『流刑の神々・精霊物語』小澤俊夫訳　岩波文庫　東京、岩波書店、一九八〇年。

Henrichs, Albert. ‘Loss of Self, Suffering, Violence: The Modern View of Dionysus from Nietzsche to Girard’. *Harvard Studies in Classical Philology* 88 (1984): 205–40.

Hext, Kate. *Walter Pater: Individualism and Aesthetic Philosophy*. Edinburgh: Edinburgh University Press, 2013.

Higgins, Lesley. ‘Jowett and Pater: Trafficking in Platonic Wares’. *Victorian Studies* 37 (1993): 43–72.

Hinchliff, Peter. *Benjamin Jowett and the Christian Religion*. Oxford: Clarendon Press, 1987.

Hirst, F. W. *Early Life and Letters of John Morley*. 2 vols. London: Macmillan, 1927.

Houghton, Walter E., ed. *The Wellesley Index to Victorian Periodicals*. 5 vols. Toronto: University of Toronto Press, 1966–89.

Inman, Billie Andrew. ‘The Emergence of Pater’s Marius Mentality: 1874–1875’. *English Literature in Transition, 1880–1920* 27 (1984): 100–23.

——. *Walter Pater and His Reading, 1874–1877: With a Bibliography of His Library Borrowings, 1878–1894.* Garland Reference Library of the Humanities 667. New York: Garland, 1990.

Jenkyns, Richard. *The Victorians and Ancient Greece*. Oxford: Basil Blackwell, 1980.

Johnston, John Octavius. *Life and Letters of Henry Parry Liddon, D.D., D.C.L., LL.D., Canon of St. Paul’s Cathedral, and Sometime Ireland Professor of Exegesis in the University of Oxford*, with a Concluding Chapter by The Lord Bishop of Oxford. London: Longmans, Green, 1904.

Jowett, Benjamin. *College Sermons*. Ed. W. H. Fremantle. 3rd ed. London: John Murray, 1896.

——. *The Dialogues of Plato Translated into English, with Analyses and Introductions*. 1st ed. 4 vols. Oxford: Clarendon Press, 1871.

——. *The Dialogues of Plato Translated into English, with Analyses and Introductions*. 3rd ed. 5 vols. Oxford: Clarendon Press, 1892.

Keefe, Robert and Janice A. *Walter Pater and the Gods of Disorder*. Athens: Ohio University Press, 1988.

Knickerbocker, Frances Wentworth. *Free Minds: John Morley and His Friends*. Cambridge, MA: Harvard University Press, 1943.

Lecourt, Sebastian. *Cultivating Belief: Victorian Anthropology, Liberal Aesthetics, and the Secular Imagination*. Oxford: Oxford University Press, 2018.

Lee, Adam. *The Platonism of Walter Pater: Embodied Equity*. Oxford: Oxford University Press, 2020.

Levey, Michael. *The Case of Walter Pater*. London: Thames and Hudson, 1978.

Martindale, Charles, Stefano Evangelista, and Elizabeth Prettejohn, eds. *Pater the Classicist: Classical Scholarship, Reception, and Aestheticism*. Oxford: Oxford University Press, 2017.

[Matsumura, Shinichi.] 松村伸一「ウォルター・ペイターとエクフラーシス」。富士川義之他『文学と絵画——唯美主義とは何か』所収。東京、英宝社、二〇〇五年。五七—八四頁。

Max Müller, F. *Chips from a German Workshop*. 4 vols. 2nd ed. London: Longmans, Green, 1880.

——. *Lectures on the Science of Language*. 2 vols. 6th ed. London: Longmans, Green, 1871.

Milton, John. ‘Areopagitica; for the Liberty of Unlicenc’d Printing’. Ed. William Haller. *The Works of John Milton*. Vol. 4. New York: Columbia University Press, 1931. Pp. 293–354.

Monsman, Gerald Cornelius. *Pater's Portraits: Mythic Pattern in the Fiction of Walter Pater*. Baltimore: Johns Hopkins Press, 1967.

——. *Walter Pater*. Boston, Mass.: Twayne Publishers, 1977.

Morley, John. *Recollections*. 2 vols. New York: Macmillan, 1917.

——. *Studies in Literature*. London: Macmillan, 1890.

Müller, C. O. *Ancient Art and Its Remains: Or a Manual of the Archæology of Art*. New ed. With Additions by F. G. Welcker. Trans. John Leitch. London: Henry G. Bohn, 1852.

——. *The History and Antiquities of the Doric Race*. Trans. Henry Tufnell and George Cornewall Lewis. 2 vols. London: John Murray, 1830.

Newton, Charles Thomas. *A History of Discoveries at Halicarnassus, Cnidus, and Branchidæ*. 2 vols. London: Day and Son, 1862–63.

——. 'On the Study of Archæology'. *Essays on Art and Archæology*. London: Macmillan, 1880. Pp. 1–38.

[Nozue, Noriyuki.] 野末紀之『文体のポリティクス——ウォルター・ペイターの闘争とその戦略』東京、論創社、二〇一八年。

Orrells, Daniel. *Classical Culture and Modern Masculinity*. Oxford: Oxford University Press, 2011.

Østermark-Johansen, Lene. *Walter Pater and the Language of Sculpture*. Farnham: Ashgate, 2011.

Oxford University Statutes. Trans. G. R. M. Ward and James Heywood. 2 vols. London: William Pickering, 1844–51.

Pater, Walter. *Appreciations: With an Essay on Style*. Library Edition. London: Macmillan, 1910.

——. *Classical Studies*. Ed. Matthew Potolsky. The Collected Works of Walter Pater. Vol. 8. Oxford: Oxford

University Press, 2020.
——. *Imaginary Portraits*. Ed. Lene Østermark-Johansen. The Collected Works of Walter Pater. Vol. 3. Oxford: Oxford University Press, 2019.
——. *Marius the Epicurean: His Sensations and Ideas*. 2 vols. Library Edition. London: Macmillan, 1910.
——. 'The Parthenon'. bMS Eng 1150 (14). Pater Collection. Houghton Library, Harvard University.
——. *Plato and Platonism: A Series of Lectures*. Library Edition. London: Macmillan, 1910.
——. 'Poems by William Morris'. *Westminster Review*, n.s. 34 (1868): 300–12.
——. *The Renaissance: Studies in Art and Poetry, the 1893 Text*. Ed. Donald L. Hill. Berkeley: University of California Press, 1980.
Pattison, Mark. *Essays*. Ed. Henry Nettleship. 2 vols. Oxford: Clarendon Press, 1889.
——. *Memoirs*. London: Macmillan, 1885.
[——.] マーク・パティソン『ある大学人の回想録——ヴィクトリア朝オクスフォードの内側』舟川一彦訳　東京、Sophia University Press 上智大学、二〇〇六年。
——. 'Philosophy at Oxford'. *Mind* 1 (1876): 82–97.
——. *Suggestions on Academic Organisation, with Especial Reference to Oxford*. Edinburgh: Edmonston and Douglas, 1868.
[Plato.] プラトン『国家』藤沢令夫訳　全二巻　岩波文庫　東京、岩波書店、一九七九年。
Potts, Alex. *Flesh and the Ideal: Winckelmann and the Origins of Art History*. New Haven: Yale University Press, 1994.
Preller, Ludwig. *Griechische Mythologie*. 2 vols. Leipzig: Weidmannsche Buchhandlung, 1854.

Reynolds, Sir Joshua. *Discourses*. Ed. Pat Rogers. London: Penguin Books, 1992.

Richards, Bernard. 'Walter Pater at Oxford'. In Gregory McGrath, ed. *Articles to Celebrate the Society's Having Reached Its 750th Meeting*. 2nd ed. Oxford: Brasenose College, the Pater Society, 1986. Pp. 1–14.

Ross, Ian. *Oscar Wilde and Ancient Greece*. Cambridge: Cambridge University Press, 2013.

Sandys, John Edwin. *A History of Classical Scholarship*. 3 vols. 1903–21. Rpt. New York: Hafner, 1958.

Schuetz, Lawrence F. 'The Suppressed "Conclusion" to *The Renaissance* and Pater's Modern Image'. *English Literature in Transition, 1880–1920* 17 (1974): 251–58.

Seiler, Robert M. *The Book Beautiful: Walter Pater and the House of Macmillan*. London: Athlone Press, 1999.

——, ed. *Walter Pater: A Life Remembered*. Calgary: University of Calgary Press, 1987.

——, ed. *Walter Pater: The Critical Heritage*. London: Routledge and Kegan Paul, 1980.

Shea, Victor and William Whitla, eds. *Essays and Reviews: The 1860 Text and Its Reading*. Charlottesville: University Press of Virginia, 2000.

Shuter, William F. 'History as Palingenesis in Pater and Hegel'. *PMLA* 86 (1971): 411–21.

——. 'The "Outing" of Walter Pater'. *Nineteenth-Century Literature* 48 (1994): 480–506.

——. 'Pater as Don'. *Prose Studies* 11 (1988): 41–58.

——. 'Pater's Reshuffled Text'. *Nineteenth-Century Literature* 43 (1989): 500–25.

——. 'Pater, Wilde, Douglas and the Impact of "Greats"'. *English Literature in Transition, 1880–1920* 46 (2003): 250–78.

——. 'Pater's "Grudge against Apollo": Mythology and Pathology in "Apollo in Picardy"'. *English Literature in Transition 1880–1920* 44 (2001): 181–98.

——. *Rereading Walter Pater*. Cambridge: Cambridge University Press, 1997.

Small, Helen. 'Liberal Editing in the *Fortnightly Review* and the *Nineteenth Century*'. In Kyriaki Hadjiafxendi and Polina Mackay, eds. *Authorship in Context: From the Theoretical to the Material*. Basingstoke: Palgrave Macmillan, 2007. Pp. 56–71.

Stephen, James Fitzjames, et al. 'A Modern "Symposium": The Influence upon Morality of a Decline in Religious Belief'. *Nineteenth Century* 1 (1877): 331–58, 531–46.

Stocking, George W., Jr. *Race, Culture, and Evolution: Essays in the History of Anthropology*. New York: Free Press, 1968.

Stone, Lawrence. 'Social Control and Intellectual Excellence: Oxbridge and Edinburgh 1560–1983'. In Nicholas Phillipson, ed. *Universities, Society, and the Future: A Conference Held on the 400th Anniversary of the University of Edinburgh, 1983*. Edinburgh: Edinburgh University Press, 1983. Pp. 1–30.

Stray, Christopher. *Classics Transformed: Schools, Universities, and Society in England, 1830–1960*. Oxford: Clarendon Press, 1998.

Turner, Frank M. *The Greek Heritage in Victorian Britain*. New Haven: Yale University Press, 1981.

Tylor, Edward Burnett. *Primitive Culture: Researches into the Development of Mythology, Philosophy, Religion, Language, Art and Custom*. 2 vols. 2nd ed. London: John Murray, 1873.

Vickery, John B. *The Literary Impact of* The Golden Bough. Princeton, NJ: Princeton University Press,1973.

Ward, Anthony. *Walter Pater: The Idea in Nature*. London: McGibbon and Kee, 1966.

Ward, Roger. *City-State and Nation: Birmingham's Political History, c.1830–1940*. Chichester: Phillimore, 2005.

Waterhouse, Rachel F. *The Birmingham and Midland Institute, 1854–1954*. Birmingham: Council of the Birmingham and Midland Institute, 1954.

Woodward, Frances J. *The Doctor's Disciples: A Study of Four Pupils of Arnold of Rugby: Stanley, Gell, Clough, William Arnold*. London: Oxford University Press, 1954.

Wright, Samuel. *An Informative Index to the Writings of Walter H. Pater*. West Cornwall, Conn.: Locust Hill Press, 1987.

Wright, Thomas. *The Life of Walter Pater*. 2 vols. London: Everette, 1907.

[Yamoto, Tadayoshi.] 矢本貞幹『現代イギリス批評の先驅』東京、研究社出版、一九五五年。

マ

ヤラワ

サ

タ

ナ

索 引

ウォルター・ペイターのギリシア研究
Walter Pater's Greek Studies

2023年5月31日　初版第1刷発行

著　者　舟川　一彦

発行者　福岡　正人

発行所　株式会社 金星堂
（〒101-0051）東京都千代田区神田神保町 3-21
Tel. (03)3263-3828（営業部）
(03)3263-3997（編集部）
Fax (03)3263-0716
https://www.kinsei-do.co.jp

組版／ほんのしろ
装丁デザイン／岡田知正
印刷所／モリモト印刷　製本所／牧製本

ISBN978-4-7647-1225-6 C1098